Pour suivre l'auteur et la sortie des prochains romans :

www.magaliguyot.com

MagaliGuyot.auteur sur faceb

Couverture réalisée par Martine Provost Créations

© 2020, Magali Guyot

Édition : BoD - Books on Demand, info@bod.fr
Impression : BoD – Books on Demand,
In de Tarpen 42, Norderstedt (Allemagne)
Impression à la demande
ISBN : 978-2-3222-0281-2
Dépôt légal : Janvier 2019

CASSANDRE

Magali Guyot

Le « Tropical », dimanche 17 janvier,

Rouge écarlate. La minuscule goutte de sang glissait plus ou moins lentement le long de sa phalange. Comme hypnotisée, Émilie observait, figée, le parcours du liquide sur les sillons de sa peau, jusqu'à la voir s'approcher du bracelet de sa montre rose gold. Pur choix de « midinette » comme aimait le dire son père. Deux heures du matin. Elle replaça son bras sur la surface lisse et brillante du bar de la discothèque et dévia, de ce fait, la trajectoire de ce qui aurait fini par tacher ses vêtements. L'heure ne semblait plus bouger et l'ennui avait suffisamment gagné du terrain pour que l'adolescente s'attarde sur les détails du décor, insignifiants jusqu'alors, de l'endroit où elle se trouvait. Un incendie avait ravagé la moitié du bâtiment deux ans auparavant ; provoqué par une mise aux normes, douteuse, de l'installation électrique. Les deux salles principales furent remises à neuf, à coups de couleurs clinquantes, de spots à tout va, et de dessins gigantesques aux tons criards sur la totalité des murs. Seule une pièce était restée condamnée. Une sorte de patio d'une trentaine de mètres carrés où les murs moisis et les vitres tâchées du passage des flammes se voyaient peu à peu recouverts de lierres et autres verdures venant du bosquet collant l'arrière du complexe. Trop lugubre et trop peu intéressant pour que qui que ce soit, même bien enivré, n'ait envie de s'aventurer au-delà de ces barrières de sécurité. Aucun intérêt. Tout le monde, à ce moment précis, se moquait éperdument des choses qu'elle-même « étudiait » depuis quelques minutes sans aucun enthousiasme. Cette sortie « forcée » improvisée par sa sœur, Sabrina, de deux ans son aînée, était pour elle une grosse perte de temps. Son tempérament timide et son manque d'assurance évident la laissaient mal à l'aise au milieu du monde et ne faisaient que ressortir davantage la désinvolture et la présence de Sabrina. Cette dernière, bien connue de leurs parents pour son manque de ponctualité lors de ses fréquentes sorties, s'était vu autoriser cette soirée à condition qu'elle y aille accompagnée. Émilie, dix-sept ans à peine, se voyait reléguée au rang de chaperon d'une « adulte » qui s'était éclipsée depuis une bonne heure déjà, au bras d'un garçon inconnu, lançant : « Je reviens dans une petite demi-heure, je ne suis pas loin. » Elle sourit. Elle adorait sa sœur malgré tout et lui reconnaissait depuis toujours le mérite d'être, la plupart du temps, la personne la plus attentionnée avec ses deux cadettes, quelqu'un de volontaire et travailleur, qui ressentait de temps à autre le besoin de lâcher la pression et de ne plus regarder sa montre. Deux heures quinze. Les quelques roses bien épineuses ornant le comptoir du vestiaire et lui valant l'écorchure au doigt tinrent son attention entre deux coups d'œil à la porte qui donnait sur l'extérieur. Combien de temps attendrait-elle encore ? Peut-être devrait-elle s'inquiéter… Elle souffla en levant les yeux au plafond. Il fallait qu'elle se dégourdisse les jambes, qu'elle respire, la foule l'étouffant de plus en plus et la chanson passant sur la platine lui sortant par les oreilles. Le barman, manifestement plus ivre que les jeunes qu'il servait lui donnait le tournis à force d'allers-retours devant son nez. Une heure était déjà passée avec pour seule occupation l'observation des gens s'agitant dans l'immense miroir lui faisant face. Ces mêmes gens pour qui elle était presque invisible. Elle était de ces filles que l'on trouvait mignonnes, mais sans plus, et dont le style vestimentaire et la maturité laissaient penser qu'elle avait plus que son âge. Ce constat qui ne l'avait travaillé que rarement lui faisait, à cet instant, se poser des questions. Le sentiment de passer à côté de quelque chose se renforçait le plus souvent au contact de Sabrina. Si elle était la première à reprocher aux autres de vouloir constamment rentrer dans la même case pour plaire, elle se surprenait aussi souvent à rêver de s'y fondre. Il était temps de bouger. Juste essayer. À peine descendue de son tabouret, le contenu de son verre lui aspergea le visage.

— Désolé ! Je t'en repaie un si tu veux !

Dans la fumée d'ambiance, apparut un visage familier, au détour d'une bonne bousculade certes, mais quand même quelqu'un qui lui permettrait d'entamer un semblant de conversation. Sabrina bénéficierait de quelques minutes supplémentaires, où qu'elle soit. Elle ne partirait, de toute façon, pas sans elle, et finirait bien par remonter le bout de son joli minois. Elle se voyait déjà dire à leurs parents que la soirée s'était bien passée et qu'il n'y avait plus aucune raison de douter du sérieux de sa sœur. D'autres longues et pénibles nuits de « surveillance » pourraient désormais être évitées.

***

Quatre heures trente. Sabrina salua ses derniers amis vers la sortie. L'heure était une nouvelle fois passée trop vite et la pendule de chez elle aurait déjà sonné l'heure buttoir du retour avant qu'il ne soit réellement arrivé. Ses parents l'attendraient sûrement au tournant et la culpabiliseraient au passage d'avoir aussi ramené sa sœur en retard par la même occasion. Mais après tout, cette dernière n'était-elle pas censée la rappeler à l'ordre ce soir ? Deux ou trois remarques réprobatrices auraient déjà dû avoir eu lieu et leur absence l'avait surprise, mais peu inquiétée. Émilie avait peut-être fini par s'amuser davantage que prévu. Cette pensée la réjouissait. Il était temps. Elle se dirigea vers le barman, se tenant la tête entre les mains et semblant s'encourager seul au ménage qu'il devrait faire avant de pouvoir rentrer se coucher.

— Dure soirée ?

— Ça ira mieux dans une heure… répondit-il les yeux à moitié fermés. Tu as l'intention de rester pour m'aider ?

— J'y pensais justement.

Il lança un regard moqueur à celle qu'il avait l'habitude de voir arriver après lui et partir bien avant.

— Tu n'aurais pas croisé ma frangine ? Je suis arrivée avec et elle était au comptoir il y a peu de temps.

— Bien oui… je vois tellement peu de monde à ce comptoir qu'elle m'a sauté aux yeux immédiatement, ironisa-t-il.

— Ma taille. Châtain très clair. Un top vieux rose et une jupe marron. Un peu plus jeune…

Elle stoppa la description devant les yeux hagards de son interlocuteur. C'était vain. Le videur, la caissière, la femme s'occupant du vestiaire, personne ne semblait remettre le visage d'Émilie. Le téléphone sonna. Quatre heures cinquante-cinq. « Maison » s'afficha sur l'écran lumineux. Elle ne se voyait pas répondre tout de suite pour expliquer qu'elle avait perdu son chaperon de vue et s'excuser au passage de l'heure supplémentaire passée sur place. Le parking se vidait sous ses yeux et elle réalisa que quelqu'un l'avait peut-être ramenée chez elle ou que, excédée d'être restée seule si longtemps, Émilie avait peut-être appelé un taxi. Elle décrocha au deuxième coup de fil.

— On espère que tu as bien profité de ta dernière sortie pour les trois prochains mois, posa calmement la voix paternelle à l'autre bout de la ligne.

— Je viens de passer une heure à chercher Émilie ! Elle aurait pu me prévenir qu'elle partirait seule !

Un blanc servit de seule réponse à son exclamation. Quelques secondes d'incompréhension évidente.

— Partie où ? Elle n'est pas à la maison ! Vous étiez avec des amis ? Des gens que vous connaissiez ? Elle a pris un taxi ?

— Je ne sais pas. Elle ne répond pas au téléphone !

— J'essaye de l'appeler. Rentre. On réglera ça ici.

Il raccrocha sans plus de cérémonie et Sabrina se glissa dans sa voiture, maintenant certaine de l'ampleur de la soufflante à son arrivée à la maison. Émilie lui paierait cette mauvaise blague.

***

Mercredi 20 janvier, Cormes.

Un soleil magnifique se reflétait sur la Loire et la vue du grand pont bleu rejoignant le département voisin n'avait rien à envier à d'autres monuments. La fraîcheur de saison n'empêchait en rien les promeneurs de longer les rives, évitant les flaques d'eau, seuls vestiges de la fine pluie de la veille. Cormes faisait partie de ces villes qui trouvaient leur charme dans certains endroits bien spécifiques. Les rues étaient propres et vivantes, mais l'atout principal restait le paysage autour du fleuve qui s'étendait d'un bout à l'autre de l'agglomération. Cinq kilomètres de ce que l'on pouvait appeler une plage, entourée de bosquets, de bancs, de tables de pique-nique, d'un petit espace de jeux pour les enfants, courant jusqu'aux pancartes indiquant un cyclorail d'un côté et une ferme localement bien connue de l'autre. Cinq kilomètres de quiétude où les seuls bruits venaient de la faune et de la flore. Même le passage des voitures sur la petite route voisine semblait silencieux.

Un couple s'y promenait lentement, profitant de l'instant, avec leur petite fille de cinq ans à peine et leur berger allemand. C'était le jour des enfants. Le moment d'en profiter. Ils regardèrent l'animal de compagnie s'enfoncer dans les fourrés quelques mètres devant eux et la petite courir derrière, amusée. Un accident était si vite arrivé. Il n'était pas utile que la journée finisse à la maison avec un pansement ou à la clinique avec un plâtre pour un pas de trop sur une branche ou un caillou à proximité de l'eau.

Soudain, le regard étrangement figé qu'afficha le jeune visage inquiéta le père. Le chien allait et venait en reniflant nerveusement un gros tas de feuilles.

— Quoi ? Il a trouvé quelque chose ? s'amusa la femme.

Le mari inspira un grand coup, puis tourna le visage sévère en direction de sa compagne.

— Ramène-les à la maison tout de suite. Prends la voiture, je vous rejoins après.

— Que se passe-t-il ?

— Je t'expliquerai plus tard. Mets-les dans la voiture et rentre !

Un frisson parcourut l'homme. Quel numéro devait-il composer ? Qu'avait réellement eu le temps de voir sa fille ? Sa main déplaça le feuillage pour dégager un bras humain dont la main dépassait.

— Allo... je crois que quelqu'un est mort... Je me promenais avec ma famille... On est sur le bord de Loire, à quelques pas de l'aire de jeux.

Les réponses saccadées peinaient à suivre le fil de l'interrogatoire de son interlocuteur. Les yeux toujours rivés, sans trop savoir pourquoi, sur la partie du corps qui avait attiré l'œil du chien. Le soleil provoquait une brillance à outrance de l'objet se trouvant sur le poignet blafard. Une montre de « midinette » couleur rose gold.

1

    Cela faisait quelques années maintenant que David Declessis traversait cette ville en long, en large et en travers, sans jamais vraiment prendre la peine de la regarder ou de profiter de ses espaces de promenade. Quelques années qu'il s'y était installé en tant que psychologue. Évidemment, il avait eu des millions d'autres choix que celui de laisser ses valises dans sa ville natale, mais n'avait jamais eu le courage de lui tourner le dos. Ici, il y avait ses souvenirs, sa vie, ses amis. C'était familier. C'était confortable. Il aurait pu y être médecin. Il aurait dû être médecin. C'était évident pour tout le monde. Une tradition de père en fils. Certains par conviction, d'autres par plaisir de garder un certain train de vie. Mais des évènements arrivaient dans une vie qui en détournaient le chemin.

5 juin 1982,

    On frappait à la porte. Il était presque huit heures du soir et une boule se forma dans la gorge de David. Un pressentiment. Ses parents ouvrirent la porte d'entrée et se retrouvèrent face à deux gendarmes aux mines défaites. Recroquevillé en haut des escaliers, le jeune garçon entendait à peine la conversation, mais sa mère se prit la tête entre les mains et son père secoua la sienne, dépité. Ce dernier, après un bref coup d'œil au-dessus de son épaule, invita les agents à changer de pièce. David ressentit la déception d'être considéré comme incapable de comprendre ce qu'il se passait du haut de ses dix-sept ans. Les voix parvenaient tout de même à ses oreilles.

— On a retrouvé le corps de Geoffrey. Je suis désolé.

Il le sentait. Depuis le début. Mais comment avait-il pu en arriver là ? Comment sa propre famille avait pu passer à côté de l'ampleur d'un tel malaise ?

Geoffrey, son cousin, s'était installé à la maison deux ans auparavant, après la mort de ses parents dans un accident de la route au retour des vacances. Les liens, cordiaux avant cette disparition, s'étaient mués en sentiments fraternels. Un troisième garçon s'était rajouté à cette famille de la façon la plus naturelle du monde. Dans l'esprit de David, rien ne pourrait empêcher ce nouveau frère de surmonter le chagrin. Les mois suivants, puis les années, lui donnèrent tort et enterrèrent ses dernières bribes de naïveté. Au détour d'une dernière visite dans la chambre désormais vide, David avait retrouvé un journal dans lequel il voyait souvent griffonner Geoffrey. Il découvrait un enfant à problèmes, aux relations plus que difficiles avec ses parents faites d'incompréhension totale et de provocations régulières. Les apparences de famille heureuse et unie qu'ils donnaient en dehors de chez eux n'étaient définitivement que des apparences. Personne ne connaissait vraiment sa propre famille. La frontière entre ce qu'il pensait savoir et ce qu'il se passait vraiment ne tenait qu'à la simple porte d'entrée d'une résidence huppée au cœur d'un petit quartier tranquille. Le fait de ne pas avoir eu l'occasion de régler tous ses conflits avant la mort de ses parents avait eu raison de l'adolescent déjà trop fragile qu'était Geoffrey. Soucieux de ne pas ennuyer sa nouvelle famille avec ses anciennes frasques, il s'était tu et contenté de montrer ce qu'il considérait comme convenable. Après tout, il était bien connu que le temps finissait par guérir toutes les blessures. Mais le 5 juin 1982, à huit heures, deux gendarmes frappèrent à la porte et David resta un moment, assis sur la marche la plus haute de l'escalier, la tête contre le balcon, perdu quelque part entre la colère et la résignation.

Le journal ne l'avait depuis plus jamais quitté. De chambre d'étudiant en appartement, il lui trouvait toujours une place entre deux bouquins de psychologie. Ces écrits d'enfant brisé lui avaient appris bien plus que n'importe quel autre livre et exerçaient sur lui une certaine fascination. Les moments de rage, à l'écriture visiblement nerveuse, alternaient avec des épisodes surprenants où il décrivait le quotidien de sa meilleure amie. Un soleil qui éclaboussait certaines pages de ses rayons, tantôt pour les réchauffer tantôt pour les brûler : Cassandre. David n'avait pas été aux mêmes écoles que Geoffrey et n'avait jamais eu connaissance de cette gamine pourtant suffisamment importante aux yeux de son cousin pour qu'il en parle presque autant que lui dans son journal. Décrite comme un petit rat de bibliothèque, noyée dans de trop larges vêtements et d'une capacité d'écoute sécurisante, elle souffrait des mêmes maux que lui. Elle habitait une petite ville de l'autre côté du pont qu'elle ne traversait jamais. Geoffrey allait la rejoindre quasiment chaque jour en vélo. Et puis vint l'accident de ses parents. Le déménagement d'une quarantaine de kilomètres à peine avait suffi à rendre les liens difficiles puis inexistants. À l'époque, le portable n'avait pas encore place intégrante dans la poche des collégiens et internet en était à ses balbutiements. Le courrier, lui, présentait le risque d'être lu par leurs parents respectifs. Le journal de Geoffrey s'arrêtait brusquement au 4 juin 1982, laissant un sentiment d'histoire inachevée.

L'orientation professionnelle de David lui paraissait désormais évidente. Les blessures de l'âme l'intéressaient plus que celles du corps. Les années passèrent et un nombre incalculable de consultations avec. Des problèmes familiaux les plus récurrents aux plus loufoques, des plus profonds aux plus évidents, tout avait défilé sur le sofa de son bureau de Cormes. Il s'était associé avec Marius, un ami de son frère, originaire de la même ville et se destinant à la même vocation. Il l'avait d'ailleurs beaucoup aidé dans ses études et, ensemble, ils avaient racheté le cabinet d'un homme chez qui ils avaient fait leurs stages, le « vieux Léger », tellement aigri qu'il était surprenant qu'il ait choisi ce métier avec sa capacité si limitée d'empathie envers son prochain.

***

Lundi 25 janvier 2016,

David se présenta au bureau avec un petit quart d'heure de retard. C'était une habitude d'autant plus incompréhensible qu'il habitait l'appartement situé à l'étage au-dessus, mais cela ne surprenait plus personne. Facilement perdu dans ses réflexions personnelles, il n'avait jamais fait de sa montre une amie. Clarice, la secrétaire, lui lança un regard faussement désapprobateur. Elle qui était pourtant de l'«ancienne école» et n'avait jamais été habituée à ce genre de façon du temps de son ancien patron rigolait désormais de l'étourderie de celui-ci.

— Ça fait un quart d'heure que Stéphanie Courtois vous attend dans votre bureau.

— Stéphanie qui ?

— La juriste de l'association d'aide aux victimes, souffla Clarice, amusée de la mémoire sélective de son interlocuteur.

— Ce n'est pas Stéphanie, c'est Pauline, non ?

Clarice secoua la tête et haussa les épaules tandis que son patron traversait le couloir en se demandant ce qui pouvait bien l'attendre au tournant. Les visites de cette association n'avaient en principe jamais rien de réjouissant. Il avait créé ce partenariat, pour combler les « trous » selon Marius, pour assister les gens selon lui. Une grande blonde en tailleur gris l'attendait en tapant du pied à quelques centimètres derrière la porte de son bureau et il faillit la bousculer en rentrant plus énergiquement qu'il ne l'aurait voulu.

— David Declessis. Excusez-moi pour le retard.

Il lui fit signe de s'assoir pendant qu'il appelait Clarice pour un café. Il abusait, il le savait et se donnait l'impression de ces PDG de grosses boîtes dont la secrétaire servait uniquement de serveuse, mais Clarice n'était pas rancunière, loin de là. Elle l'aurait fait d'elle-même le sachant arrivé le ventre vide. Son côté maternel.

— Café ? tenta-t-il en direction de la femme devant lui, pour détendre l'atmosphère.

— Non merci. J'aimerais régler cette histoire rapidement.

Le ton était sec. Soit.

— Je suis Stéphanie Courtois. Je remplace Pauline quelques temps…

— Rien de grave j'espère ? coupa-t-il.

— Dépression.

Il releva les sourcils. Ironique.

— Oui, je sais, nous aidons les gens vingt-quatre heures sur vingt-quatre, mais nous n'avons personne pour nous en cas de besoin. Question de budget, semble-t-il, rajouta-t-elle désabusée. Revenons à notre affaire si vous le permettez. Je suppose que vous avez entendu parler de la découverte de mercredi matin le long de la Loire ?

— C'est une petite ville ici, ricana-t-il, j'étais au courant avant même la sortie du premier journal qui en parlait, malheureusement.

— Les parents sont en état de choc. La gendarmerie leur a donné nos coordonnées et moi je leur ai donné les vôtres. Je leur ai conseillé de prendre rendez-vous pour venir ici, mais ils s'obstinent à rester enfermés. J'aimerais que vous alliez les voir.

— Ça ne me pose pas de problème. Que savez-vous au juste sur ce qu'il s'est passé ?

— Moi ? Rien du tout. On nous jette les gens, mais pas les renseignements qui vont avec. Vous devriez le savoir depuis le temps. Mes seules informations sont celles de votre journal local.

Mort violente. Meurtre bien évidemment. Elle avait dix-sept ans, point.

Effectivement, l'article évoquant le drame le survolait et à raison. Ce genre de crime n'était pas monnaie courante dans cette région et les gendarmes avançaient discrètement et prudemment. Stéphanie hésita quelques secondes.

— Je leur ai dit que vous passeriez cet après-midi.

— Quoi ? s'étouffa-t-il. Vous n'étiez pas certaine de ma disponibilité ou de mon accord, mais vous leur avez déjà assuré que j'allais les voir aujourd'hui !?

— Désolée. Mais c'est tout de même assez particulier et urgent comme situation et je voulais qu'ils soient pris en charge le plus rapidement possible.

— VOUS vouliez. Ça passe pour cette fois, pour la délicatesse de cette affaire, mais la prochaine fois que VOUS voulez quelque chose, prenez le temps de consulter les autres, merci ! Ou trouvez-vous un psy dispo vingt-quatre heures sur vingt-quatre que vous aurez juste à siffler !

— Si nous avions le budget, cela serait fait depuis longtemps, monsieur Declessis. Mais l'État accepte d'aider les gens à partir du moment où cela ne leur coûte que le minimum, donc nous faisons avec les moyens du bord.

Elle se leva, irritée, et balança sur le bureau un post-it avec les coordonnées des parents de la victime.

— Je vous souhaite une bonne journée. Inutile de me raccompagner, je connais la sortie.

Elle manqua de bousculer Clarice qui sauva de justesse le précieux café rempli au ras-bord de la tasse.

— Très aimable, constata cette dernière en souriant.

— J'adore commencer la semaine de cette façon. Ça a le mérite de me réveiller. Marius est déjà en consultation, je suppose ?

— Oui. Je ne lui dirai pas que vous étiez en retard, lui dit-elle avec un clin d'œil.

Clarice repartit à ses occupations, David se posa quelques minutes devant le post-it laissé par Stéphanie Courtois. « Famille Martin ». Un sentiment de culpabilité l'envahit alors. Il s'était plaint de mal commencer sa semaine à cause d'un petit accrochage verbale alors que sous ses yeux se trouvait le nom de gens dont la même semaine marquerait leur vie entière. Certaines nouvelles remettaient les choses à leur place et faisaient relativiser. Ses petites contrariétés paraissaient tout d'un coup bien égoïstes et dérisoires. Il se saisit du combiné de téléphone près de lui. Il avait dans ses contacts un ami de longue date, Baptiste, officiant à la gendarmerie. Il était hors de question d'aller voir cette famille sans savoir exactement ce à quoi elle devait faire face. Son premier rendez-vous n'était qu'une demi-heure plus tard.

— Je parie que je sais pourquoi tu m'appelles... répondit calmement la voix de l'agent.

— Je ne te dérange pas j'espère ?

— Non. Justement, je me demandais ce que je pouvais faire à cette heure-là un jour de repos !

— Bien voilà, tu as trouvé ! lança David à son vieil ami à peine réveillé. Désolé, mais je dois aller voir le couple Martin cet après-midi et je ne sais rien de ce qu'ils ont vu exactement.

— C'est une affaire en cours. Inutile de te rappeler ce que je suis censé avoir le droit de dire ou non ?

— Peut-être que si ces messieurs les gendarmes communiquaient un peu plus avec leur psy préféré, je pourrais leur apporter d'autres indices utiles à l'enquête, non ? Est-ce que deux personnes en état de choc sont efficaces pour vous donner les renseignements nécessaires sur la victime ?

— La «victime» s'appelait Émilie pour commencer.

Baptiste s'interrompit, laissant entendre le bruit de sa cafetière se mettant en route. Le temps de réfléchir. Un soupir s'échappa.

— Elle accompagnait sa sœur aînée au « Tropical ». Le couvre-feu était à trois heures, mais la plus grande n'a pas fait gaffe. A priori, elle batifolait plus loin avec un apollon. Vers quatre heures, elle a cherché la gamine, mais plus personne. Elle est partie en pensant qu'elle était rentrée chez elle toute seule, mais rien non plus. Elle n'avait que dix-sept ans, ils nous ont prévenus assez vite après quelques coups de fil chez les copines de la gamine. Du dimanche au mardi soir, on a retourné toute la ville et les alentours jusqu'à mercredi. C'est un clebs qui l'a retrouvée sur les bords de Loire.

— Personne n'a rien vu dans la boîte ?!

— Plus il y a de monde, moins il y a de témoins ! rigola-t-il. Sérieusement… une boîte de nuit bondée, dont les trois quarts avec trois grammes dans chaque oreille… il n'y a que dans les séries policières que ça donne des témoignages fiables ! Elle est restée au bar plus d'une heure et même le barman ne la remet pas ! Une fille timide sans histoire… pas du genre à se faire remarquer. Et maintenant, le légiste s'arrache les cheveux.

— ...

— L'identification a été difficile. Le corps a été « labouré » de coups. Celui qui a fait ça s'est acharné et dresser un profil dans ces conditions, c'est... pas possible pour l'instant.

— Ses parents ont vu...

— Rien. On leur a montré les effets personnels et les relevés biologiques ont fait le reste. Ils n'auraient jamais reconnu le visage. Jamais.

— Abus sexuel ?

— Oui. Et un autre détail. On ne sait pas trop à quoi ça correspond. Ce n'est connu de personne jusqu'à maintenant alors ne te répands pas. Ça ne veut peut-être rien dire, mais il semblerait qu'une marque ait été faite volontairement avec une lame quelconque. Le légiste est encore dessus. Le trait est trop net pour que ce soit un accident. Je n'en sais pas plus.

— Il n'y a pas de caméra dans cette boîte de nuit ?

— C'était en projet et puis ils ont dû investir plus que prévu dans la remise aux normes après l'incendie qu'ils ont essuyé donc... passé temporairement à la trappe !

Après quelques banalités d'usage pour finir la conversation, David raccrocha, abasourdi. Une discothèque pleine, des videurs, une sœur, un barman... et personne pour se souvenir d'Émilie. Une voix dans l'interphone le sortit de ses réflexions.

— David, madame Berger est arrivée.

— Merci, Clarice, faites-la entrer.

***

Lundi après-midi, 16 heures, chez les Martin.

La cadette avait fait rentrer David. Cathy, seize ans, avait accueilli le psychologue, les yeux rougis, et était partie chercher ses parents à l'étage. Tout le monde connaissait la famille en ville ; ils tenaient le cabinet d'orthodontie et participaient à quasiment toutes les manifestations organisées aux alentours. La maison se trouvait dans les beaux quartiers, une ancienne demeure bourgeoise fraîchement rénovée. Des clichés de la petite tribu s'étalaient d'un bout à l'autre du salon ; aucun centimètre de mur n'était épargné et David pouvait aisément retracer l'enfance des trois filles. Un certain malaise s'installait dans son esprit. À force d'entendre parler de meurtres et de victimes dans le moindre journal, le moindre livre, la moindre série policière, on oubliait la cruauté de l'acte et l'humanité qui habitait le corps maintenant sur la table d'autopsie. Mais sur ces clichés, Émilie était avant tout une petite fille avec des couettes sur une balançoire, une jeune écolière diplômée, une adolescente en vacances au bord de la mer. Un être humain. Elle aurait pu être de sa famille. Il réalisa que le visage juvénile ne lui était pas totalement inconnu. Ils habitaient la même ville, allaient certainement aux mêmes soirées et s'étaient certainement déjà croisés plusieurs fois. La façon dont elle avait été retrouvée avait installé un climat étrange en ville.

— Merci de vous être déplacé.

La voix de Jocelyne Martin le tira de ses pensées. Son mari n'avait finalement pas voulu assister à l'entretien ; ses deux filles, elles, étaient présentes à ses côtés. Assis dans le salon, David prêtait une oreille attentive à une détresse qui lui était inconnue. Les mots venaient plus difficilement que les larmes, mais paraissaient les soulager.

— Pourquoi elle ? laissa-t-elle échapper entre deux sanglots.

La question inévitable. Aucune réponse miraculeuse n'aurait suffi à justifier la mort d'Émilie.

— Il y a une semaine, elle était impatiente de commencer son nouveau stage ; elle rêvait d'enseigner, d'apprendre des choses aux autres.

> Elle ne sortait jamais le nez de ses bouquins ; chaque sortie était comme une punition. Elle n'aurait jamais dû y aller. Elle m'avait cassé les pieds pour savoir comment elle allait bien pouvoir s'habiller et maintenant... maintenant, on l'enterre !

Sabrina, la sœur aînée, fixait ses mains tremblantes sur ses genoux, n'osant faire un geste vers sa mère. Si la plus jeune s'était montrée bavarde, Sabrina semblait plongée dans le mutisme et sa mère semblait tout faire pour ne pas avoir à lever les yeux sur elle. Une colère et un sentiment de culpabilité transparaissaient de leur relation qui demanderait un long travail de reconstruction. Devinant la cause du malaise, David tenta de calmer les esprits.

— Le seul coupable dans cette histoire est actuellement recherché par tous les gendarmes du coin. Personne d'autre n'est à blâmer ; ni vous, ni Sabrina.

Jocelyne Martin releva les yeux brusquement, les fronçant plus que de raison. Son aînée s'était-elle plainte d'avoir été accusée de négligence ?

— Émilie avait dix-sept ans. Vous disiez qu'elle était plutôt renfermée. Serait-elle sortie de la discothèque avec un étranger ou seule ? demanda-t-il.

— Non. Je l'ai dit aux gendarmes. Elle n'aurait jamais suivi quelqu'un qu'elle ne connaissait pas et… vous semblez tous penser que cela pourrait être quelqu'un de notre entourage ou de son école !? Mais c'est horrible de penser ça. Nous connaissons très bien les gens qui nous entourent et aucun ne serait capable de ce genre d'atrocités !

— Madame, on ne connaît jamais vraiment les gens et ce sont souvent ceux qui paraissent les plus stables qui le sont le moins. Si, et je dis bien si, Émilie a effectivement suivi quelqu'un de confiance ce jour-là, ni Sabrina, ni personne d'autre n'aurait eu de raison de se méfier.

— Sabrina était l'aînée. Elle DEVAIT la surveiller.

— JE devais !? sursauta l'accusée en larmes. Je ne suis pas sa mère. Ce qu'il s'est passé, je m'en voudrai toute ma vie, mais ce n'est pas moi qui l'ai forcée à sortir alors qu'elle n'en avait pas envie ! Tout ça, parce qu'à dix-neuf ans, il m'est arrivé deux ou trois retards malheureux !? Si vous n'aviez pas été paranos, elle serait restée à la maison et y serait encore !! Tu veux un coupable ? Regarde-toi dans une glace !

Sabrina quitta la pièce sous le regard prostré de sa mère et de sa sœur.

— Je… je dois continuer de préparer l'enterrement. Je suis désolée, balbutia-t-elle, prise d'une soudaine honte.

Un homme qu'elle ne connaissait pas assistait à une querelle de famille. C'était inconvenable à ses yeux.

Elle s'adressait à lui, les yeux dans le vide, sous le coup d'un problème qui allait assurément plus loin que ce qu'elle imaginait.

— Merci de vous être déplacé. Nous passerons au cabinet… dans peu de temps. Désolée encore une fois du dérangement.

— Madame, si qui que ce soit vous revient, à vous ou à Sabrina, il est important que vous le communiquiez à la police. Avec le recul, certaines choses peuvent paraître plus claires alors n'hésitez pas et appelez-moi dès que vous voudrez passer. Ça vaut aussi pour Sabrina.

Jocelyne se tenait déjà vers la porte et ne laissa aucune autre alternative à David. Il était encore trop tôt, mais elle finirait par venir. Il le savait. Il remarqua le costume sombre sous une toile de plastique transparente accroché à l'entrée et réalisa que ce devait être celui d'Émilie pour l'enterrement.

Sur le chemin du retour, des souvenirs de la cérémonie funéraire de Geoffrey lui revinrent. À l'époque, il avait été impressionné par la quantité de personnes présentes. Le nombre phénoménal de gens qui assistaient à la fin d'une vie alors que quasiment aucun d'entre eux n'avait participé à son déroulement. Les parents de David étaient connus et avaient beaucoup de relations « compatissantes ». Il y avait aussi ces anonymes simplement touchés par le geste désespéré de l'adolescent et quelques grenouilles de bénitier toujours au fond de l'église à prier et à chanter. Et elle. Geoffrey n'avait pas d'autres amis de son âge que celle qui hantait les pages de son journal. Alors quand David avait aperçu cette fille, loin derrière la foule, il avait compris. Cassandre. Le fait que Geoffrey n'ait jamais évoqué ce prénom ailleurs que sur du papier avait laissé David sceptique sur sa réelle existence. Il avait fini par se persuader qu'elle n'était qu'un « personnage », une amie imaginaire inventée pour combler sa solitude. Mais, ce jour-là, toutes les descriptions si précises du journal avaient pris formes humaines. Des yeux couleur chocolat ressortant au milieu d'un visage plus pâle qu'il ne l'aurait dû, de longs cheveux châtains aux reflets cuivrés qui lui arrivaient jusqu'au bas des hanches recouvrant un pull un peu trop large, environ un mètre soixante pour à peine une cinquantaine de kilos. Elle existait. David l'avait cherchée du regard, tout le long de la cérémonie. Elle avait quelque chose d'hypnotique. Peut-être se raccrochait-il à la seule chose qui survivrait à son cousin. Un être sorti d'un monde imaginaire, semblant égaré au milieu de gens n'ayant rien à voir avec elle. Il aurait aimé lui parler. Il aurait aimé qu'elle relève les yeux vers lui, croisant son regard compatissant. Mais avant qu'il ne trouve le courage de faire quoi que ce soit, une femme à l'air sévère la tira vers la sortie, agrippant son bras sans aucune douceur. Cette femme-là n'avait a priori que faire du défunt et ne faisait qu'acte de présence auprès de sa fille.

***

Lundi 1er février 2016,

David désespérait de constater à quel point tous ses week-ends se ressemblaient, mais ils avaient le mérite d'être reposants. Il partait le plus souvent possible dans la résidence secondaire de ses parents, à plus de trois heures de route de son travail. Elle se situait plus enfoncée dans la campagne et offrait une extraordinaire tranquillité. La première maison de la famille avant la naissance de l'aîné des deux fils. Il aimait cette solitude, le temps de quelques jours, qui lui permettait de ne plus voir les mêmes visages. Oublier les soucis des autres. Ne pas croiser les patients en dehors des horaires de bureau à qui il était difficile de faire comprendre que lui aussi avait une vie. Ou tentait au moins d'en avoir une. Ces excursions en dehors de Cormes lui offraient l'excuse parfaite pour échapper aux fêtes improvisées de son frère et de Marius qui complotaient ensemble depuis quelques années pour lui trouver une nouvelle fiancée. Depuis sa dernière rupture, après des années de vie commune, David croyait avoir gagné en liberté. C'était mal connaître son entourage. Ces deux jours de repos eurent un effet bien différent des précédents. Un sentiment étrange sur le meurtre d'Émilie Courtois et tout ce qu'il provoquait l'avaient perturbé, sans même savoir pourquoi. C'était la première fois depuis longtemps qu'il reprenait le travail un lundi un poids sur les épaules.

Extraordinairement en avance et avant l'arrivée de Clarice, il feuilleta le planning. Elle avait évoqué un rendez-vous particulier. Une femme de vingt-neuf ans, contrainte à une série de séances avec un psychologue pour des problèmes de gestion de colère. La demoiselle avait apparemment défoncé le pare-brise d'une voiture à l'aide d'une batte de base-ball. Il imaginait aisément une petite teigneuse à la carrure masculine et un langage fleuri avant de sourire de lui-même et de son stéréotype. N'importe qui aurait pu ressentir un coup de sang à force de pression personnelle ou professionnelle. N'importe qui. Le nom et le prénom qui apparurent en face de la note lui provoquèrent un frisson dans la colonne vertébrale.

« Cassandre Archeur ». Il tenta de se dire que ce n'était sûrement qu'un homonyme même si le fait de vivre dans une petite ville diminuait singulièrement les probabilités. L'adresse du domicile la logeait à quelques minutes de la ville, à quelques minutes de la résidence des Declessis. Il trouva étrange que ce nom se présente de nouveau sous ses yeux à ce moment précis. Il lui avait suffi de replonger dans ses souvenirs l'espace d'un instant pour que l'un de ses fantômes s'en échappe.

— David !?

— Clarice... Bon week-end ?

Elle le fixa quelques secondes les yeux arrondis de surprise et le sourire moqueur.

— David Declessis en avance ! Si ce n'est pas signe de mauvais présage...

— Ne vous habituez pas quand même.

— Loin de moi cette idée.

— La femme sur le planning... Vous l'avez rencontrée ? Qui a pris le rendez-vous ?

— Elle-même, je pense. C'est important ?

Il fit mine de tourner les pages de l'agenda avec un air détaché puis releva le menton assuré.

— Non. Aucun souci. Je file dans mon bureau.

— Baptiste a appelé ! annonça-t-elle hâtivement alors qu'il tournait le dos.

— Baptiste ?! Important ? Il a laissé un message ?

— Je suppose que c'est au sujet de la deuxième fille.

— La deuxième fille ?

Clarice croisa les bras, gonfla le torse et fronça les sourcils. Elle le savait isolé le week-end, mais restait surprise à chaque fois de l'ampleur du détachement.

— Une autre fille a été trouvée, David.

Il s'immobilisa une poignée de secondes, l'air choqué.

— Quand ? Et où ? Qui ?

— Je vous arrête tout de suite, je n'en sais pas plus et à priori les journalistes viennent tout juste d'attraper l'info, mais sans plus de détail non plus. Il a demandé à ce que vous le rappeliez. Il était assez étrange au téléphone.

David se dirigea vers son bureau dans un état second. Un meurtre : c'était déjà beaucoup pour Cormes, mais deux… Il imaginait déjà les esprits s'affoler. Il n'eut pas besoin de rappeler Baptiste. Ce dernier prit les devants, laissant à peine le temps au psychologue de s'installer à son bureau.

— Clarice vient juste de me transmettre le message…

— David, cette conversation est strictement privée même si je sais qu'avec les rapaces et les réseaux sociaux, l'info aura fait le tour du patelin avant la fin de la journée... Tu es toujours en contact avec les Pérard ?

— Ce sont des amis de mes parents et leur fille, Élodie, a fait un stage en secrétariat avec Clarice il y a un an ou deux.

— On vient tout juste d'identifier la deuxième fille. C'est elle. C'est Élodie.

David inspira calmement, tentant de réaliser.

— Pourquoi la « deuxième fille » ? Je veux dire… un rapport avec le premier meurtre ?

— Le détail dont je t'ai parlé. Celui dont on doutait qu'il fût involontaire. Il est ici aussi.

— Quand ?

— C'est là que cela devient tordu. Elle a été tuée plus d'une semaine avant Émilie.

— Une semaine ?! Mais personne n'a signalé sa disparition !?

— Elle était censée être en vacances. Les Pérard ont reçu une carte postale, ils n'avaient aucune raison de s'inquiéter. Elle devait rentrer aujourd'hui. Ce sont les collègues de la ville voisine qui l'ont retrouvée le long de la Loire et qui nous ont contactés cette nuit en retrouvant ses papiers. Quand les journalistes ont eu l'info, ils pensaient encore que ce n'était pas quelqu'un du coin. L'identification est arrivée cette nuit à trois heures et je sais que tu les connais... Je pense que tu devrais venir avec nous.

— Ils ne sont pas encore au courant ?!

— David, on manque de personnel d'encadrement pour ce genre de situation et... tu les connais... si tu refuses, je comprendrais.

— ...

— Elle est morte de la même façon. On a un gros problème.

— C'est une série.

— Deux, c'est déjà trop. Élodie n'était pas non plus du genre à s'embarquer dans n'importe quoi avec n'importe qui. Il est important de retrouver le ou les points communs avant qu'il n'y ait une troisième victime. Nous ne pouvons pas gérer à la fois la parano provoquée par les médias, l'entourage des filles et le cinglé qui se promène je ne sais où.

— J'ai une journée malheureusement remplie de rendez-vous que je ne peux pas donner à Marius et certains étaient déjà décalés de la semaine dernière pour ma visite aux Martin. Je suis désolé, mais la seule chose que je puisse faire, c'est d'aller les voir plus tard… Donne-leur mon numéro ou rappelle-moi si tu penses qu'ils ont besoin que je me déplace, ce sera bien évidemment sans problèmes.

Une fois la conversation terminée, David s'appuya contre le dossier de sa chaise, pensif. Les derniers jours passés lui retournaient l'esprit de façon peu ordinaire et quelque chose présageait que sa vie ne serait plus là même d'une façon ou d'une autre. Cette affaire. Ces gens, si proches, vivant ce genre de drame. Les souvenirs revenant de son adolescence. Ce rendez-vous étrange à la fin de la journée. Une sensation étrange lui emplissait le ventre et perturbait sa respiration. L'état de fébrilité ne le quitta plus de la journée. Les patients défilaient sans qu'il arrive vraiment à se concentrer. « Cassandre Archeur ». Il culpabilisait à l'idée de laisser distraire son esprit avec une affaire personnelle. Pourquoi fallait-il qu'elle soit la dernière à passer ? Le souvenir de cette gamine à l'enterrement l'obsédait. Elle avait dix ans de plus. Et si ce n'était pas elle ? L'idée l'effleura et provoqua un mélange de soulagement et de déception. Comment pouvait-il ressentir les deux en même temps ?

Il entendit Clarice tourner la poignée de la porte et il se redressa aussitôt pour accueillir l'inconnue. Il n'aurait pas su dire quel détail l'avait marqué en premier. Mais une chose était certaine : c'était elle. Elle n'avait plus rien de l'adolescente prostrée au fond de l'église. Une femme au corps harmonieux, désirable, les cheveux un peu plus courts que dans ses souvenirs, passa devant lui, l'air dédaigneux. Le regard chocolat tranchait toujours autant au milieu du visage couleur porcelaine. On aurait pu la croire malade ou fatiguée. Peut-être les deux. Son air à la limite de la condescendance, son léger sourire et son calme ne collaient pas avec la furie censée avoir démoli une voiture à coups de batte de base-ball. Ce petit côté supérieur lui fit retrouver sa propre assurance. Un déclic s'était provoqué. Il y avait du défi dans le regard de la jeune femme. Il se trouvait, non pas en face d'une victime, mais d'une adversaire à un jeu dont les règles lui importaient peu. Il ne s'était jamais laissé impressionner par qui que ce soit jusqu'à maintenant. Il n'y avait aucune raison de changer cet état de fait.

— Bonjour, se contenta-t-elle de dire avec politesse, puis elle se dirigea directement vers le fauteuil.

— Bonjour. Cassandre, c'est ça ? amorça-t-il sur un ton faussement détaché.

Elle releva un sourcil, afficha un sourire moqueur. Une légère ride d'expression trahissait le sourire facile. Elle savait ce qu'il tentait de faire et il le comprit tout de suite. Elle le fixa quelques secondes silencieusement, puis balaya la pièce des yeux. Les détails insignifiants semblaient plus l'interpeller que les plus évidents. Elle cherchait quelque chose à se mettre sous la dent. David attendit la fin de son observation, pressentant la remarque cinglante qui lui aurait permis d'affirmer son assurance, mais elle ne décrocha pas un seul mot. Les doigts délicats se posèrent sur le tas de revues posées sur la table basse les séparant. Elle commença à feuilleter le premier magazine de potins mondains comme si elle se trouvait seule dans une salle d'attente. David se rappela que cette séance avait été rendue obligatoire par un tribunal et qu'il était évident qu'elle ne coopérerait pas si facilement. Elle avait décidé de venir, mais sans, à aucun moment, participer à ce qui était pour elle une mascarade. L'enfant triste d'il y a dix ans n'avait plus rien d'innocent et fragile. Il se demanda alors si elle savait qui il était par rapport à Geoffrey. Peut-être l'avait-elle reconnu. Ou pas. Geoffrey n'était pas friand de photos. Et elle n'avait jamais relevé les yeux dans sa direction à l'église. Le nom aurait pu lui être familier mais, rien dans sa façon d'agir, ne laissait entendre qu'elle avait fait le rapprochement.

— Cette séance n'est pas une punition, vous savez. Le but est avant tout de vous aider. Beaucoup de personnes commencent une thérapie en étant complètement réfractaires puis finissent par être surprises de ce que cela leur rapporte. Ce n'est pas un inquisitoire. On ira à votre rythme.

Elle resta muette, affichant une moue faussement compréhensive.

— Cassandre. C'est un nom issu de la mythologie grecque, vous savez. Vos parents en étaient-ils passionnés ?

Elle sourit légèrement et sans relever la tête, murmura enfin quelques mots.

— Vous leur prêtez une bien trop grande intelligence.

Elle ne se moquait ni dans la phrase ni dans le ton employé. Elle constatait.

— …ou alors ils devaient sacrément m'en vouloir pour me donner le nom d'une prophétesse que personne ne croyait et qui a fini assassinée.

Elle respirait le cynisme. Beaucoup trop de cynisme. Les phrases qui parsemaient le journal de Geoffrey revenaient en tête à David. C'était une enfant renfermée qui avait la lecture comme rare activité autorisée. Ces détails qu'ils ne pouvaient pas évoquer étaient pourtant autant de points d'avance pour lui dans une bataille qu'il n'aurait jamais cru avoir à mener. Il était furieusement curieux de savoir ce qui avait pu provoquer un regain de violence chez une personne décrite comme étant douce et pacifique.

— Vous croyez qu'ils vous en voulaient ? Vos parents.

Il pensait la conversation engagée. Quelle erreur ! Elle souleva de nouveau le sourcil, assurément une petite particularité qui revenait souvent, et replongea dans sa lecture.

— Vous avez décidé de ne pas ouvrir la bouche de toute la séance. Soit.

Il se redressa sur sa chaise, faisant mine de vouloir se retirer, espérant faire croire à son invitée qu'elle avait peut-être gagné, mais se contenta de réajuster sa position. Droit devant son bureau, il la toisa du regard avec la même condescendance qu'elle à son entrée. Ici, c'était son territoire à lui, et bien d'autres s'y étaient cassés le nez. Elle ne passera pas cinquante séances complètement muettes. Il se saisit d'un livre sur son bureau. Le contenu du magazine qu'elle tenait dans ses mains ne l'intéressait, a priori, absolument pas. Le but était simplement de manifester son ennui d'être coincée avec lui dans ce bureau. Le message était passé et après ? Elle s'attendait probablement à ce qu'il baisse les bras dès la première séance ? Plus sûr de lui que jamais, il fixa l'être en face de lui sans chercher la discrétion. Elle n'avait rien de la femme très sophistiquée ou moderne et elle s'en fichait probablement. Elle avait cette présence qui la dispensait de quelconque artifice. Une simple bague à trois anneaux ornait son index droit et ses vêtements étaient des basiques qui suffisaient à la mettre en valeur. Un pull noir au col haut faisait ressortir son visage sur lequel quelques mèches cuivrées retombaient négligemment. Les jambes, moulées dans un jean tout ce qu'il y avait de plus simple et de hautes bottes noires, restaient croisées et complétaient le tableau de la personne fermée. Elle ne lisait pas. Il le savait et admirait son sang-froid. Mais si elle était patiente, il l'était encore plus. Les yeux chocolat scrutaient furtivement les gestes du psychologue et tout ce qui l'entourait. Il suivait son regard, cherchant ce qu'il aurait bien pu laisser de compromettant dans son antre qui se serait retourné contre lui, mais la décoration de cette pièce n'avait rien d'exceptionnel. Des papiers encadrés révélant son passage à Dijon pour ses D.E.U.G., maîtrise et D.E.S.S. de psychologie attestaient de l'unique « voyage » effectué dans sa vie. Quelques dossiers parfaitement alignés se trouvaient au milieu de son bureau de bois foncé où crayons et fournitures diverses ne dérogeaient pas à la règle de symétrie qu'il s'imposait. Il était un peu maniaque et alors ? Qu'aurait-elle bien avoir eu à redire de ça ? Rien de transcendant ou qu'il n'ait déjà entendu de la bouche de quelqu'un d'autre. Quand la petite pendule, au-dessus de la bibliothèque recouvrant le mur droit de la pièce, annonça la fin de la séance, elle se leva sans précipitation. Elle prit volontairement le temps de remettre le magazine à égale distance entre les deux bords de la table basse. L'expression qu'elle afficha en direction de David laissait bien entendre qu'elle avait remarqué son besoin d'organisation. Une petite moquerie silencieuse à laquelle il répondit par un regard fier et la même provocation.

— C'est bien que vous ayez compris le fonctionnement de ce bureau. Les prochains rendez-vous en seront d'autant plus faciles.

— J'ai du mal à voir ce que pourrait m'apporter quelqu'un qui a eu besoin de cinq années d'études pour comprendre son prochain… mais vos magazines sont distrayants.

Une dernière gentillesse avant de franchir la porte, un grand sourire en prime. C'était un jeu pour elle. Un jeu qu'elle pensait avoir gagné d'avance. Un sentiment étrange galvanisa le psychologue. Il jouerait aussi et aussi longtemps qu'il le faudrait. Il avait suffisamment de cartes dans sa manche dont elle était loin de soupçonner l'existence. Elle lui tourna le dos pour quitter le hall. En retournant fermer son bureau, quelque chose attira son regard sur le sol : un badge au nom de Cassandre, permettant l'accès au parking de l'établissement Richet inscrit comme son lieu de travail dans son dossier. Elle était déjà loin et il était tard. Le fait d'avoir une excuse pour la revoir plus tôt que prévu ne lui déplaisait pas. Il lui suffirait d'aller déposer l'objet en personne dès le lendemain en espérant qu'elle n'en ait pas besoin avant.

La journée était terminée et il faisait déjà nuit. Il avait prévu d'aller faire quelques courses, mais le manque de motivation à sortir dans le froid lui fit directement grimper les escaliers le menant à son appartement. Le couloir après le bureau de Marius et à gauche de la porte de son propre bureau donnait sur la porte des escaliers menant à son refuge. Après un repas rapide sur son canapé, lui vint l'envie de rouvrir le journal de Geoffrey et de relire et décortiquer chaque passage qui parlait d'Elle. David constatait qu'elle n'était pas plus bavarde avec son cousin qu'elle ne l'était avec lui, mais évoluant à proximité, il voyait ce qu'il se passait et devinait à quoi elle pensait. Ou croyait le deviner. Geoffrey s'était probablement amouraché de l'adolescente, prenant leur amitié pour autre chose. Rien ne parlait de relation clairement amoureuse ou sexuelle. Mais l'obsession pour la jeune fille semblait trop poussée pour être amicale. Avait-il inventé cette proximité à force de trop l'espérer ou s'était-elle jouée de lui et de ses sentiments ? Il était tellement fragile. Chaque passage fascinait David comme à leur première lecture.

« Ce soir, il n'y avait que nous au monde. Un jour, nous enverrons tout bouler et on se cassera loin d'ici pour tout recommencer... »

« Je ne sais pas comment elle fait pour se foutre à ce point de ce que pensent les autres alors que je passe mon temps à penser que les gens murmurent dans mon dos ! »

« Sa chambre a quelque chose de flippant : elle est tapissée de dessins et envahie de vieux bouquins... On dirait une cellule de prison avec toute sa vie agrafée contre les parois... Je péterais les plombs, enfermé là-dedans... »

« Ses parents... des connards ! C'est rassurant, il n'y en a pas que chez moi ! Leurs méthodes datent du siècle dernier... pour éduquer les chiens ! »

Si dans le cas de Geoffrey, le problème avec ses parents semblait venir d'une incompréhension totale provoquée par quelque chose absent des écrits, chez Cassandre, c'était beaucoup plus limpide. Geoffrey décrivait le quotidien d'une enfant non voulue qui subissait également l'écart important de génération. Son père était apparemment « l'homme de la maison » estimant que la place de la femme se trouvait à son service et qu'elle n'avait d'autre droit que celui de se taire et de se soumettre à son bon vouloir. Et cette dernière, à défaut d'avoir l'autorité chez elle, semblait avoir trouvé un défouloir idéal en sa progéniture involontaire.

Les deux êtres torturés qu'étaient Cassandre et Geoffrey, qui a priori n'avaient rien en commun, s'étaient rapprochés grâce à ça. Ou plutôt à cause de ça. Les rapports conflictuels avec leurs parents respectifs semblaient être leur sujet de conversation principale. David savait très bien que si la violence physique pouvait démolir un enfant, la violence morale était capable de provoquer autant de dégâts. Le téléphone le ramena au présent. Le prénom de son père s'afficha.

— Oui ?

— David, ta mère a insisté pour que l'on te rappelle que tu étais de soirée la semaine prochaine alors dis-lui une fois pour toutes que tu as une cervelle et un agenda.

— J'ai une cervelle et un agenda. Je n'ai pas oublié et j'habite à deux cents mètres de la salle des fêtes donc je pense être à l'heure.

— Oui… c'est vrai que tu es du genre ponctuel.

La petite réflexion ironique, résultat de deux ou trois légers retards en trente ans de vie, exaspéra David. Mais peut-être faisait-il preuve de mauvaise foi au sein même de ses propres pensées. Il entendit la voix de sa mère : « Demande-lui s'il vient accompagné ? ». La question piège : celle dont la seule utilité était d'avoir des nouvelles de sa vie privée.

— Non, je ne viens pas « accompagné », répondit-il avant même que son père n'ait eu le temps de répéter la question. Et tu diras à mon cher frère si tu le croises (ce qui était sûr vu que le frère en question passait le plus clair de son temps dans la demeure familiale alors qu'il possédait sa propre maison) que ce n'est pas la peine non plus de me ramener une fille qui sortirait de je ne sais où pour essayer de me caser, merci d'avance.

David était persuadé que le but de Sylvain, son frère aîné, était de faire de lui un homme respectable et marié.

« Tu vas finir vieux garçon ! » lui assenait-il à chaque visite de courtoisie. C'était à se demander si la récente rupture du psychologue n'avait pas affecté Sylvain plus que lui-même.

La soirée en question était le repas de départ en retraite de son grand-père paternel. Médecin, bien évidemment. Il avait largement dépassé l'âge de la retraite à force d'avoir attendu à tout prix un remplaçant. Mais, dans ces zones éloignées des grandes villes, les candidats ne se bousculaient pas et si la maladie n'avait pas rattrapé le vieux praticien, il serait encore dans son cabinet.

— Tu es au courant pour les Pérard ? demanda le père de David, pour changer de conversation.

— Qui ne l'est pas ?! Baptiste m'avait demandé d'accompagner les agents pour leur annoncer ce qu'il s'était passé, mais je n'ai pas pu me libérer.

— Tu ne pouvais ou tu ne voulais pas ?

— La majorité des rendez-vous de ce jour-là avaient déjà été reportés pour la visite à la famille Courtois.

— Un rapport entre les deux meurtres ? Baptiste t'a parlé d'avancement dans l'enquête ?

— Rien de plus que dans les journaux.

Baptiste l'avait supplié d'être discret et il le resterait. Il raccrocha, sans vraiment culpabiliser de ce petit mensonge. Il savait sa mère suffisamment bavarde pour bazarder les informations à une vitesse surpassant celle des réseaux sociaux. Ces petites pointes de désaccords avec sa propre famille lui paraissaient néanmoins insignifiantes comparées à celles que supportaient beaucoup de ses patients. Celles qu'avait supportées Geoffrey. Celles qu'avait supportées Cassandre. À quel moment arrivait-on au point de rupture ? Le seuil de tolérance fluctuait selon chaque individu : de la dépression à la colère, de la colère à la violence, de la violence à l'ignorance. Les frontières ne tenaient qu'avec de simples fils minuscules.

***

Mardi 2 février 2016,

Dix heures du matin, un trou dans l'emploi du temps destiné à l'origine à remplir quelques paperasses de routine servit finalement à David pour se promener jusqu'à « Richet ». La boutique se trouvait à peine à un kilomètre du bureau et il se surprenait à ne jamais y avoir mis les pieds. Il se planta en face de ce bâtiment devant lequel il passait régulièrement. Pour lui, ce n'était qu'un immeuble de plus faisant partie du « paysage » et pourtant, pour tous les autres habitants, c'était une « institution ». Boulangerie, pâtisserie, traiteur, chocolatier, restauration… aucun domaine ne semblait échapper à la maison supplantant la rue de son bâtiment de près de trois cent mètres carrés, avec sous-sol et étages. La boutique s'étalait au rez-de-chaussée, un immense laboratoire se devinait derrière les vitres du fond et les deux autres niveaux se destinaient aux réserves et locaux du personnel ; une grande terrasse avec quelques tables vides à cette époque de l'année et un parking privé à l'angle en face destiné aux employés et clients avaient fait de cet endroit un des plus faciles d'accès de Cormes. Les époux Richet s'étaient installés quinze ans plus tôt avec une bonne dose d'ambition et n'avaient cessé d'étendre les activités au fur et à mesure que les petits commerces de centre-ville fermaient faute d'accessibilité ou d'avoir l'énergie ou les moyens nécessaires pour perdurer. Le seul concurrent qu'il leur restait encore était une pâtisserie de luxe, le « Kelly's » à l'autre bout de la ville.

Il balaya des yeux la boutique comme un gamin dans un parc d'attractions. Il était persuadé qu'il y avait moins de risque à manger sur leur carrelage que dans sa propre assiette. La couleur dominante des lieux lui rappela les yeux de Cassandre. Les uniformes étaient de rigueur. Des caméras bien visibles encadraient la boutique de toute part. Mais malgré le chic évident des lieux, la clientèle restait cosmopolite et bavarde !

Dans la file d'attente, déjà importante, la conversation tournait autour des meurtres d'Émilie et

Élodie, l'enterrement de cette dernière se déroulant le jour même dans l'église de la rue voisine. Dans cette petite ville, comme dans chaque petite ville, tout se savait, tout se disait et pour cause, tout le monde se connaissait plus ou moins. L'humeur du moment était à l'effroi et bien entendu aux commérages. Le crime le plus abject qu'il pouvait se passer dans le coin était le cambriolage, le reste relevant d'habitude de la fiction ou des grandes agglomérations. David captait des : « Pauvre gamine, elle allait à l'école avec ma fille… », « de toute façon que faisait-elle dehors à cette heure, elle cherchait les ennuis, où étaient les parents… », « c'était la fille de…, la sœur de…, la nièce d'untel… ». De compassion en réflexions nauséabondes, la vie des deux jeunes femmes était refaite de A à Z.

— Bonjour, Monsieur !!

La voix de la petite blonde derrière le comptoir le tira brutalement de ses pensées. Le ton employé par la demoiselle pour l'appeler lui fit comprendre qu'elle n'en était pas à sa première tentative. S'il n'avait pas vu les gens défiler devant lui, il remarquait à présent ceux tapant du pied derrière et constatait le manque de patience dont on faisait preuve dans les files d'attente.

— Cassandre Archeur est ici ? demanda-t-il, oubliant de rendre le « bonjour ».

Le sourire de la gamine s'effaça et elle fit tourner ses yeux, l'air désabusé.

— Cassandre bien sûr. Non, elle n'est pas là et sinon vous vouliez quoi ?

— Elle est partie courir à cette heure-là, coupa d'un coup un homme déjà âgé dans son dos. Elle court le midi quand elle ne travaille pas.

David aperçut d'autres clients acquiescer avec des mouvements de tête et des sourires. Il ne savait pas s'il était plus surpris par le fait que la femme sauvage à l'extérieur soit autant appréciée à son poste, ou bien par celui que les clients semblaient connaître par cœur son emploi du temps personnel. Il y trouva même un petit côté malsain.

— Monsieur !? insista une voix de plus en plus aiguë.

Un tantinet désagréable la petite blonde.

— Un mélange de bonbons, s'il vous plait.

Marius serait ravi, adepte de sucreries en tout genre entre chaque rendez-vous et puis David se voyait mal repartir les mains vides après un quart d'heure de queue. Hors de question de laisser le badge à miss « sourire », il avait le sentiment qu'elle serait capable d'oublier volontairement de le rendre à la principale intéressée.

Une fois dehors, il se rendit à son habituel marchand de journaux où il croisait toujours les mêmes personnes. Ce petit rituel plaisant avait le mérite de le faire sortir de chez lui et donc de son bureau par la même occasion. Le commerce en question se trouvait en centre-ville et l'obligeait à traverser le marché, se faisant ainsi alpaguer par tous les gens du coin. La course, qui ne devait durer que cinq minutes, s'étalait souvent sur une bonne heure minimum et ne faisait que renforcer son manque de notion du temps auprès des gens le connaissant bien.

— Une montre, David ?

Pascal Faure, propriétaire de la presse depuis aussi longtemps que David s'en souvienne, se vanta de cette dernière marchandise, tournant dans un cylindre blanc à côté de sa caisse et au milieu d'autres bibelots.

— Non, merci. Je suis entouré de gens qui passent le plus clair de leur temps à m'appeler pour me rappeler l'heure qu'il est !

— Ils le font pour ton bien, gamin ! Tu serais capable d'être en retard à ton propre enterrement !

— Justement, rien ne sert de courir, on y arrivera tous de la même façon à un moment ou à un autre.

— Certains plus rapidement que d'autres et sans le vouloir malheureusement.

Faure tendit le quotidien à son client avec les gros titres sur le meurtre d'Émilie.

— J'ai un ami, présent sur les lieux quand ils ont retrouvé le corps, qui m'a raconté que c'était un massacre. Le fumier qui a fait ça s'est acharné ! Il paraît qu'elle n'avait plus un seul os intact et que son visage était broyé. Des gens disent qu'elle serait partie avec un inconnu après avoir bu un coup de trop en boîte et voilà le résultat, raconta le marchand avec la conviction de tout savoir.

— Méfiez-vous de ce que les gens disent, Pascal. Les fausses rumeurs se propagent plus vite que la vérité.

— Il n'y a pas de fumée sans feu !! rétorqua une femme d'un certain âge qui écoutait la conversation derrière eux. Les parents avaient beau être des gens très bien, vous savez les gosses de maintenant…

— …sont comme on les élève, répondit calmement David à la vieille dame. Les gens devraient attendre d'avoir des faits réels avant de refaire la réputation de quelqu'un qu'ils ne connaissaient pas.

La vieille dame pinça les lèvres. Le psychologue sut qu'il parlait dans le vide. Cette façon de faire était vieille comme le monde et il ne voyait rien qui pourrait un jour changer ça.

— Tu ne sais toujours pas comment fonctionnent les petites villes, David ?

Fanny Perreite, ancienne camarade de lycée, s'approcha de lui pour le saluer. Elle était baby-sitter à deux rues de chez lui et ils se croisaient quasiment tous les jours. Il la soupçonnait même de le faire exprès, ayant un léger béguin pour lui qu'il faisait semblant de ne pas voir pour ne pas avoir à la vexer en la repoussant.

— Toujours en retard, s'amusa-t-elle.

— Un trou dans l'emploi du temps, je cherchais quelqu'un chez Richet et…

— J'habite à côté d'un de leur boulanger ! Un garçon adorable… jamais un mot plus haut que l'autre et pourtant, il y aurait de quoi. Je culpabilise un peu quand les gamins que je garde font un raffut pas possible qui traverse les murs aux heures où lui se couche, le pauvre. Ils ont de ces horaires dans ces métiers-là !

— …Une de leurs vendeuses, finit-il.

— Ah…

Elle fronça les sourcils, jalouse. Il ne crut pas bon de justifier la raison de cette visite, pensant avoir réussi à couper court aux désirs de sa prétendante. Elle était aussi attirante que n'importe quel homme aurait pu le souhaiter. Les yeux bleu foncé sur le visage parfait faisaient tourner les têtes. Toutes les têtes sauf la sienne. Y avait-il chez lui quelque chose qui ne tournait pas rond ? Le simple fait qu'il se pose lui-même la question en disant plutôt long. Elle ne lui avait jamais inspiré la moindre attirance physique ou autre. Quelque chose dans sa personnalité le rebutait même. Il se fustigeait souvent de trop souvent analyser et reculer devant tout ce qui ressemblait de près ou de loin aux problèmes qu'il voyait dans son cabinet. Tout le monde avait des problèmes. À ce rythme-là, son frère finirait par avoir raison sur le fait qu'il finirait vieux garçon.

— Eh bien, bonne journée ! envoya-t-elle timidement avant de sortir.

— Ça ne me surprend pas que tu sois encore célibataire, toi ! ria Faure.

— Bonne journée, Pascal, à demain, conclut David, sans même essayer de se défendre sur ce dernier point.

Juste à la sortie, en passant devant le petit troquet vingt mètres à côté, il la vit. Il ne la pensait pourtant pas du genre à boire seule à la terrasse d'un café, bien trop sauvage, mais elle était là, en survêtement, les joues rosies par l'effort ; forcé de constater que l'ensemble de sport qui pouvait faire négligé sur certaines personnes la mettait, elle, en valeur. Assise dans son coin, le même journal que lui sous le nez et jouant avec la paille de son coca, elle affichait un air serein. Il avança, sûr de lui, et agita le badge à quelques centimètres de son visage.

— Un oubli, Cassandre ?

— Je me doutais que vous me le ramèneriez, répondit-elle presque avant la fin de la question.

Elle n'avait pas soulevé le regard, comme si elle l'avait vu arriver, et son assurance, une fois encore, surpris l'homme si sûr de son petit effet de surprise. Elle s'était de toute évidence rendu compte de l'avoir perdu et savait aussi à quel endroit.

— Vous êtes bien sûre de vous.

Elle lâcha sa paille, s'adossa lentement contre le dossier de sa chaise et lui offrit un grand sourire.

— Il m'aurait méchamment manqué pour ouvrir la boutique demain alors merci. Vous auriez pu le laisser à ma collègue.

— Ne le prenez pas mal, je ne sais pas si vous êtes amies, mais votre collègue devrait plutôt travailler aux pompes funèbres, elle choquerait moins.

L'air amusé de son interlocutrice lui laissa penser qu'elle n'était pas surprise de cet état de fait. Il tira la chaise lui faisant face et s'installa naturellement, cherchant à provoquer une réaction. Elle le fixait toujours aussi calmement, une brillance particulière dans les yeux, et semblait attendre qu'il engage les hostilités.

— Footing ? engagea-t-il.

— Oui.

— Ça fait des années que je me dis que je devrais me remettre au sport.

— Ça ne vous ferait effectivement pas de mal…

Il le prit comme une taquinerie innocente, presque amicale. Il s'était toujours reconnu comme un homme doté d'une belle carrure sans qu'à aucun moment le sport ne soit passé par là et il espérait que ce fait perdure encore un moment.

— …et puis je suppose que ça devrait vous défouler un peu après de longues journées à écouter les jérémiades de la Terre entière, enchaîna-t-elle.

— Plus que des coups de batte de base-ball dans une voiture ? rétorqua-t-il avec calme.

La réflexion l'amusa. Elle l'attendait sur ce terrain et il le savait.

— Vous essayez, vous comparez et vous me donnez la réponse à notre prochain rendez-vous. L'expérience est tellement plus enrichissante que la théorie.

Le sentiment qu'elle le prenait pour quelqu'un ne sortant jamais le nez de ses livres le piquait au vif, mais loin de lui l'idée de lui offrir la satisfaction de le lui montrer.

— Il m'arrive de sortir du bureau, aussi surprenant que cela puisse paraître.

— Ne soyez pas fâché. Mettez ça sur le compte de la jalousie. Je gagne tellement moins que vous pour faire exactement le même travail. Vous n'imaginez pas le nombre de gens qui ressentent le besoin de raconter leur vie juste parce que j'ai eu le malheur de leur demander par politesse : « Bonjour, comment allez-vous aujourd'hui ? ».

Le commerce de proximité et ses petites joies quotidiennes. La constatation le fit sourire sans vraiment l'étonner.

— Vous n'aimez pas votre métier ?

— Vous ne vous reposez jamais, je me trompe ?

— Simple curiosité. Rien à voir avec un quelconque excès de zèle. Vous êtes toujours sur la défensive ?

— Je n'aime pas les interrogatoires et si, j'aime mon métier. Il m'arrive juste comme tout le monde d'être un peu fatiguée ; pas de quoi remplir cinquante séances de psy. Écoutez... monsieur « je ne sais plus comment », je n'ai rien contre vous. Mais vous savez très bien que ces séances ont été imposées. Et je n'aime pas tellement que l'on m'impose quoi que ce soit. Et surtout s'il s'agit de rendre des comptes à un inconnu. N'y voyez rien de personnel.

La douceur de la voix et le calme toujours aussi déstabilisant laissaient penser qu'elle n'était jamais prise à défaut. Ce côté tête à claques avec le petit mouvement de sourcil et le rictus condescendant l'énervait autant qu'il l'amusait.

— Et sinon... vous vous asseyez toujours à la table des autres sans demander leur autorisation ? demanda-t-elle en remuant l'index qui désignait son espace.

Il n'eut pas le temps de répondre. La cloche de l'église retentit. Cassandre referma le journal et se leva une expression à la fois dure et compatissante vers le cortège.

— Vous la connaissiez ? demanda-t-il.

— Oui et non. Ses parents sont des clients avec lesquels je m'entends très bien et je l'ai vue plusieurs fois avec eux.

Un échange de regards suffit en guise de condoléances aux visages fermés passant devant eux.

— Vous savez qu'un jour ils attraperont le monstre qui a fait ça. Ils l'enverront à deux ou trois séances chez quelqu'un comme vous, il sera jugé irresponsable, relâché, et pourra recommencer, murmura-t-elle sans détacher ses yeux des passants.

— C'est pour ça que vous avez un problème avec les psys ? Vous nous croyez laxistes ?

— Non. Je dis juste qu'avoir un passé de merde n'excuse pas tout. Et puis si les gens trouvent du réconfort à parler à des professionnels tant mieux. Personnellement, finir comme simple numéro de dossier dans le fond de votre tiroir ne m'intéresse pas plus que ça.

Elle se tourna vers le barman.

— Merci pour le coca, Dany.

— À demain, Cassy, envoya-t-il avec un clin d'œil.

Encore un client qui la connaissait bien. Elle frôla David en se dirigeant vers la boutique où on semblait l'attendre.

— Je dois vous laisser. Un ami me sert de chauffeur à cause d'un petit souci de voiture qui n'est pas passé au contrôle technique. On se revoit bientôt, il me semble.

La façon dont elle avait écourté la conversation laissa David sur sa faim. La vision de la jeune femme sur le passé, la justice et le pardon lui laissait penser qu'elle nourrissait, elle-même, certaines rancunes tenaces ou peut-être était-elle tout simplement à l'image de beaucoup de gens : désabusée.

Un blond avec un blouson de cuir noir, trop grand pour lui, s'était appuyé contre la porte de sortie du personnel de la boutique et regardait dans leur direction. Il les regarda s'engouffrer dans la voiture après avoir passé le badge d'accès au parking. Un léger pincement au cœur se fit ressentir. Quelques années auparavant, cette femme n'avait rien de réel. Elle n'appartenait qu'à Geoffrey jusqu'à ce qu'elle s'immisce dans sa vie à lui. Aujourd'hui, elle s'échappait de tout cela, se baladant nonchalamment dans une réalité morne, accrochée au bras d'un homme ordinaire, au regard peu intelligent. Il semblait au psychologue qu'un inconnu lui avait volé des pages de son adolescence. Sa journée se termina sur une énième relecture du fameux journal.

« Journal de Geoffrey,

Il fallait que je sorte vite : la mère était encore en pleurs et le père tapait du poing sur le mur ! J'arrive chez Cassy et j'entends son vieux gueuler comme un porc ! On l'entend dix kilomètres à la ronde ! Il faudrait qu'on présente nos vieux un jour ! Avec un peu de chance, ils s'entretueraient ! »

David ne se souvenait pas avoir éprouvé autant de haine envers qui que soit et encore moins un membre de sa famille. Il avait eu, comme tout le monde, quelques accrochages à l'époque de l'adolescence avec ses parents et encore bien des désaccords aujourd'hui, mais rien qui ne mette en péril leur relation. Il réalisait faire partie de ces privilégiés ayant grandi au sein d'un foyer aimant malgré quelques incompréhensions. Son père était quelqu'un d'assez froid, pudique, mais sa mère, toute en douceur avait merveilleusement équilibré la chose contrairement aux parents de Geoffrey ou de Cassandre où l'un paraissait dominer et l'autre subir. Geoffrey s'était détruit, Cassandre s'était endurcie.

Le psychologue avait toujours un sentiment d'injustice dans ce genre de situation. Elle lui inspirait l'envie d'une machine à remonter dans le temps pour prendre le temps de défendre ceux à côté desquels il pensait être passé. Mais qu'est-ce qu'un enfant pouvait bien faire, seul, face à plusieurs adultes persuadés d'être dans leur bon droit

2

Mercredi 3 janvier,

Pour la deuxième fois en peu de temps, les cloches retentirent dans le centre-ville. Le monde commençait à s'agglutiner à l'intérieur de l'église et la rue ne semblait pas assez grande pour accueillir la foule restante. David aperçut la mère d'Élodie, les yeux rouges et fixés sur le sol.

— Mon dieu, la pauvre, je ne supporterais pas d'enterrer un de mes enfants et encore moins dans ces circonstances !

Ce murmure, d'où qu'il vienne, trouva écho chez les gens autour de lui. Si beaucoup d'entre eux s'étaient persuadés d'un accident isolé pour Émilie, cette fois, ils étaient sûrs que quelque chose de grave se passait qui mettait fin à leur sentiment de sécurité. La colère prenait place dans les propos et les forces de l'ordre en prenaient déjà pour leur grade.

L'homme, pourtant si habitué aux formules de politesse, passa péniblement le passage des condoléances : ces secondes consistant à répéter à la famille quelque chose qu'ils avaient dû entendre trois cents fois dans la journée. Les yeux larmoyants de Gabrielle Pérard le fixaient, résignés.

— Je ne saurai pas vous dire à quel point je suis désolé…, murmura David.

— Vous me dites ça comme si vous étiez responsable. Il y a un tueur en ville, David. Un monstre qui tue au hasard et qui a choisi ma fille, ma petite fille. Elle n'avait rien à faire à Cormes, elle ne devait plus être là et… je ne comprends plus rien. Elle ressemblait à la petite Martin… est-ce que c'est pour ça qu'elle est… Est-ce qu'il s'agit de l'un de ces fous dont on parle si souvent dans les reportages ? Comment…

— C'est encore trop tôt dans l'enquête pour tirer des conclusions hâtives, Gaby, personne n'est sûr qu'il s'agisse du même tueur et…

— Oh, arrêtez, Virginie Bouchard a écrit un article dans lequel les similitudes sont évidentes ! Elle dit comme beaucoup d'autres que les officiers du coin ne sont pas assez qualifiés pour ce genre d'affaires !

— Virginie Bouchard ?! Vous savez comme moi que cette journaliste est plus connue pour colporter des ragots et la recherche du scoop que pour l'information réelle. L'enquête est menée par des professionnels.

— Et la fille de qui d'autre devra mourir pour que ces « professionnels » avancent dans leur enquête !?

Clément Pérard prit sa femme par le bras et l'incita à retourner vers le cercueil. David ne pouvait s'empêcher d'imaginer ce que la tristement célèbre Virginie Bouchard avait pu écrire dans ses articles. C'était une petite journaliste du coin qui, à défaut d'avoir trouvé preneur de son travail sur Paris, s'était fait embaucher pour une petite rubrique de fin de page sur les potins du coin. Que ce soit dans le canard de la ville ou plus particulièrement sur sa page internet, elle était friande des titres accrocheurs et des scoops douteux. Elle ne mettrait pas longtemps à amplifier la psychose déjà latente qui se devinait aux alentours.

Après quelques rendez-vous, il entreprit d'aller rendre visite à Baptiste, pour connaître l'avancement de l'enquête. Julie, la compagne du gendarme, se douta du sujet de la visite dès qu'elle ouvrit la porte puis retourna vers Clara, leur petite fille de cinq ans, jouant innocemment dans le salon.

— Va jouer dans ta chambre, ma puce, j'arrive dans quelques minutes.

Elle l'aida à rassembler ses quelques poupées dans une petite boîte et la regarda s'éloigner dans le couloir. Le sourire de la jeune mère s'effaça en entamant la conversation.

— Il ne parle pas de l'affaire à la maison. Je pense qu'il a peur de m'inquiéter. Mais je sens que ça le travaille, tu sais. Il ne dort pas très bien.

Baptiste rentra dans la pièce et Julie remit machinalement des bibelots en ordre dans le salon en baissant les yeux.

— David ?! De passage ?

— Oui et non. Je voulais savoir comment les choses avançaient et comment tu prenais l'enquête.

— Et tu t'es dit que c'était le moment ou jamais de m'extirper une consultation ?

— Baptiste. Je ne bosse pas, là.

L'officier traversa la cuisine, silencieux, prépara un café en regardant son ami du coin de l'œil.

— Tu sais… c'est quelque chose de voir une gamine assassinée à la télé, c'est autre chose en vrai, finit-il par consentir.

— Heureusement que ce n'est pas une habitude. C'est si tu ne ressentais rien que cela deviendrait inquiétant.

— C'était des gosses. Deux gamines sans aucun problème… à la réputation timide ou très sage…

rien qui appelle à ce genre de fin... Je veux dire que rien ne devrait appeler à ça à la base, mais ces nénettes-là... Je ne comprends pas du tout.

— Tu sais que je connaissais Élodie, c'était une ancienne stagiaire et sa mère est une amie.

— Si on faisait ça à ma gosse... je traquerais ce fumier et... bon sang, tu aurais vu l'état des corps ! Tu réalises...

Baptiste marqua un temps de pause, ferma les yeux, prit le temps d'avaler difficilement sa salive.

— Rien n'est clair dans les résultats d'autopsie. Les corps sont... broyés, mais justement, il a fallu énormément de coups pour arriver à ce résultat ; beaucoup trop de coups pour que cela vienne de quelqu'un de « corpulent » ou très fort physiquement. Ça peut-être un gamin... ça ne veut peut-être rien dire non plus... Et puis, on a réussi à avoir un témoignage qu'on a réussi à avoir de la boîte de nuit ! Un jeune a cru se rappeler d'Émilie. Il voulait la draguer, mais l'a vu partir avec une autre fille. Tout est encore plus brouillé. Rien ne colle. Rien ne nous aiguille. Aucune trace d'A.D.N. C'est à la fois désordonné et calculé. Ce n'est pas logique.

— Et il se souvient de ça maintenant ? Le môme de la discothèque...

— Il n'avait pas fait le lien avec la fille assassinée. Maintenant ça ne veut rien dire non plus. Nous n'avons rien sur cette prétendue accompagnatrice. On ne peut même pas se fier à ce témoignage. Il n'a pas été capable de fournir une description claire. Si ça se trouve, ce n'était pas une fille mais bien le tueur. Le fait est, qu'avec ce témoignage, nous sommes plus perdus qu'autre chose. La seule chose dont on soit sûr c'est que les deux victimes se ressemblaient.

— Physiquement ?

— Sur le plan de la personnalité et sur le plan physique, oui. Et que doit-on faire avec ça ? Interdire à toutes les brunes d'une vingtaine d'années de sortir de chez elles !? Et les journaux nous taillent un costard XXL ! Pour le deuxième corps, tu aurais vu le tas de vautours autour de nous… la petite conne du journal d'à côté n'a pas mis longtemps à rappliquer ; on pourrait penser qu'elle a senti l'odeur du sang ! Elle demandait limite à pouvoir emmener un bout de cadavre !

— Virginie Bouchard, je suppose.

Baptiste acquiesça. Quelle question !?

— Les gens nous harcèlent au téléphone. Ils voient des suspects partout. On a droit à tout : des questions, des réflexions, des insultes, mais pas un seul appel constructif, pas un seul témoignage ! Et en haut, ils nous collent la pression. Élodie est morte il y a quinze jours, Émilie, la semaine dernière... tu veux que je te fasse un dessin ? On n'a rien. Absolument rien !

Pour la première fois depuis longtemps, David passa le week-end à l'appartement. Sans savoir expliquer pourquoi, il n'avait pas eu envie de quitter la ville. Il avait pris le temps de se promener le long des quais et le passage chez Richet était devenu un rituel même s'il se confrontait tout le temps à « sœur sourire ». Il avait espéré croiser Cassandre alors que moins d'une journée restait à passer avant le prochain face-à-face. Elle occupait ses pensées d'une façon qui l'inquiétait. La fascination qu'elle provoquait chez Geoffrey semblait s'être déplacée vers lui. L'image d'elle repartant au bras de l'« autre » tournait en boucle dans sa tête. Il n'avait rien à faire dans l'équation. Une bouffée de chaleur envahit sa poitrine et il souffla bruyamment.

« Journal de Geoffrey,

Nos vieux étaient furieux !! On a libéré toutes les grenouilles du labo de sciences !! Cinq heures de colle chacun et un ulcère pour nos darons !!! De toute façon, comment pourraient-ils plus nous détester ? Autant jouer ! On n'a jamais couru aussi vite !! On les a toutes déposées au bord de la Loire et on les regardait s'éparpiller partout le long des quais !! La liberté, la vraie !! Aucune cage, aucune entrave. Un jour, on sera pareil ! Nous aussi on courra le long de la Loire sans avoir peur de rentrer trop tard ou de trop s'éloigner du pont. »

David lança le livre sur le canapé, tentant de s'en détacher. Sa curiosité le poussa à survoler la page du blog de Virginie Bouchard et lui donna par la même occasion l'impression de participer involontairement à son succès. Si ces foutaises marchaient autant, c'était bien parce que beaucoup de monde les lisaient. Y compris ceux qui disaient les « vomir ».

« Aujourd'hui je me suis imaginée dans un roman policier. Cormes, la terrible ville de tous les péchés, théâtre de meurtres plus violents les uns que les autres. La Loire, nouveau réceptacle de corps décomposés ; le terrain de jeu d'un dangereux et redoutable psychopathe, du moins, selon les autorités ! Notre petit tueur si difficile à trouver n'est sûrement rien d'autre qu'un petit impuissant frustré qui tue les jeunes femmes qu'il est incapable de séduire ! Un ignare qui a dû manquer de baffes étant gamin et qui devait avoir une mère bien spéciale pour avoir si peu de respect envers les femmes ! La gendarmerie aurait donc besoin d'aide pour attraper ce « monsieur » !? Paraît-il que nous avons le département le mieux équipé en matière d'agents, mais peut-être plus en nombre qu'en qualité apparemment ! À quand le couvre-feu de monsieur le Maire pour empêcher toutes les brunes d'une vingtaine d'années de sortir de chez elles passé minuit ?! Si cette information ne vous convainc pas de vous teindre en blonde, Mesdames, je ne sais plus ce qu'il vous faut ! Signé Virginie Bouchard. »

Finalement, la cinquantième relecture du journal de son cousin n'était pas plus nocive que ce texte sordide. Il se glissa dans son lit, ferma les yeux et tenta de calmer sa respiration. Il fallait qu'il dorme. Il devait se vider la tête. Penser aux autres dossiers. Penser à la famille. Penser au programme des prochaines années. Pourquoi pas. N'importe quoi aurait fait l'affaire. Mais la silhouette féminine redoutée se glissa de nouveau sous ses paupières. Les lignes délicates agrémentées de l'expression moqueuse ne le quittèrent plus, vautrées avec lui sous les draps de coton.

***

Lundi 8 février,

— Bonjour cher collègue !! Quelque chose te tracasse ce matin ?

L'accueil bien trop joyeux de Marius activa une alarme à l'intérieur de sa tête. Derrière lui, Clarice, étrangement silencieuse, courut lui préparer sa tasse de café, un sourire aux lèvres.

— Je devrais me sentir tracassé ? Quel est le problème ?

— Tu es à l'heure ! lança gaiement Marius.

— Tu n'as vraiment que ça à foutre ce matin !? s'exclama David, faussement vexé.

— Ma première cliente arrive dans une demi-heure. Par contre, toi, on t'attend déjà dans ton bureau.

David lança un regard interrogateur à Clarice.

— Une amie à vous apparemment. Brune, jolie.

Cassandre ? Non ! Pourquoi serait-elle venue dès l'ouverture ?

— Virginie Bouchard, s'exclama la secrétaire, fière de son effet de surprise.

— Virginie Bouchard !? Bon sang, je vais vous tuer tous les deux !

Il laissa Clarice et Marius interloqués derrière lui et se précipita vers son bureau, s'attendant à la surprendre le nez dans ses dossiers.

— La prochaine fois, attendez à l'accueil ! envoya-t-il sèchement, se passant de toutes formules de politesse.

— Bonjour David. C'est toujours un plaisir de vous voir, ironisa l'intruse.

— Vous venez pour un rendez-vous ? joua le psychologue, de nouveau calme.

— Je ne suis pas venue en ennemie. Je suis l'affaire du tueur de la Loire et je sais que vous voyez les parents. Ils ne sont pas facilement accessibles. J'aimerais savoir comment ils surmontent la chose et comment ils vivent le manque d'avancée des forces de l'ordre.

Elle afficha une moue faussement compatissante. La comédie était ridicule.

— Et vous avez sérieusement pensé que j'allais vous parler de ce genre de chose ?

— Cette affaire touche beaucoup de monde, vous savez.

— Vous y compris bien entendu... et quel sujet intéressant pour votre page internet !

— Si tous les services collaboraient, nous pourrions peut-être faire avancer l'affaire.

— Je ne vois pas en quoi exhiber le chagrin des familles fera avancer l'affaire. Vous me faites perdre mon temps et j'ai du travail. Il me semble que vous savez où se trouve la sortie.

— Je vous trouve bien agressif, monsieur Declessis ; peut-être devriez-vous penser à consulter pour voir ce qui provoque toute cette colère, s'amusa-t-elle.

— Je le sais déjà et vous avez raison sur le fait que c'est disproportionné quand on voit l'élément perturbateur si peu intéressant finalement. Bonne journée.

Elle se tourna vers lui, la tête haute, le sourire moqueur.

— Vous savez, je suis sortie avec un psy de Nevers une fois… adorable. Vous devriez lui demander des conseils ! Il a, semble-t-il, mieux compris que vous le but initial de son beau métier.

Virginie Bouchard sortit du cabinet sous les yeux de Clarice et Marius.

— Clarice, à l'avenir, abstenez-vous de faire rentrer qui que ce soit dans mon bureau sans que j'y sois moi-même, merci ! Cette femme est journaliste !

Le ton était autoritaire et détonnait avec la personnalité habituellement si posée. Clarice se redressa, gênée.

— Désolée, David.

Elle baissa les yeux tandis que Marius, ayant compris que son collègue était désormais de mauvaise humeur, se retrancha dans son propre bureau.

Une fois apaisé, la journée se déroula de la façon la plus banale qui soit. Par curiosité, il eut la mauvaise idée d'aller une nouvelle fois faire un tour sur la page internet de Virginie pour constater ce qu'il craignait : des divagations sur l'enquête, des déductions tordues sur l'assassin, son avis tranché sur le suivi en lui-même de l'affaire et bien sûr un tas de commentaires vides de sens sous ses articles qui l'encourageaient dans sa folie. Il referma l'ordinateur portable, de nouveau énervé et essaya de trouver quelque chose, n'importe quoi, pour se calmer. Cassandre.

Le prénom lui était venu naturellement à l'esprit et a priori, la demoiselle se faisait désirer à la vue de l'heure plus que tardive. Des pas rapides retentirent alors dans le couloir tandis que la voix encore craintive de Clarice se fit entendre dans l'interphone.

— Cassandre Archeur est là, David.

Cette dernière rentra dans la pièce, un rictus aux lèvres.

— Désolée pour le retard.

— Toujours pas de voiture ?

— Non, mais la marche c'est bien aussi.

— Je croyais que vous aviez un chauffeur ?

— Raphaël ?! Il ne m'emmène que quand ses horaires collent avec mes allers-retours, pour le reste, je me débrouille. Je n'aime pas dépendre des autres et puis cinq kilomètres de chez moi à ici ce n'est pas dramatique.

Il repensait, quelque peu honteux, aux fois où il avait pris la voiture pour faire le malheureux kilomètre le séparant du marchand de journaux.

— Le fait de ne pas avoir de voiture pour rentrer chez vous n'est pas un drame, mais il y a quelque temps de ça vous étiez énervée de ne pas pouvoir la sortir du parking, il me semble. C'est bien pour ça que vous avez refait la carrosserie de celle qui bloquait la sortie devant vous ?

Elle sourit. La petite guerre recommençait.

— C'était une mauvaise journée, voilà tout, répondit-elle avec une douceur étonnante.

— Vous avez déclaré à la police être sous pression et beaucoup fatiguée… avoir eu une dispute très violente avec votre ex-compagnon. Cela fait beaucoup de choses. Tout ça s'est envolé ?

— Certaines choses devraient être mises à plat plus souvent pour éviter de trop garder et arriver à ce genre de résultat. Ce n'est pas le genre de coup de sang qui doit vous arriver.

Elle laissa échapper un léger rire, certaine de sa déduction.

— Qu'est-ce qui vous le fait penser ?

— Votre vie doit être à l'image de votre bureau...

Elle arpentait la pièce, lentement, passant la main sur les livres serrés de la bibliothèque.

— ...lisse, propre, bien rangé, pas une feuille de travers, rien qui ne perturbe le petit équilibre de Monsieur. Un enchaînement de réussites étalé sur votre mur et une belle photo de la petite famille parfaite, tirée à quatre épingles. Je m'étonne juste qu'il manque dans ce cadre la petite amie bourgeoise que j'imagine bien choisie par papa et maman. Je vous verrais pourtant bien, côte à côte, serrés dans de beaux habits verts à carreaux, surmontés de petites collerettes blanches. Nous pourrions rajouter deux ou trois marmots aux noms composés d'un autre temps. Et voilà.

La description sonnait comme une insulte, à moins qu'elle n'ait réussi à faire mouche avec la justesse de ses propos et finalement réussi à le vexer. Il s'efforça de garder l'apparence de la quiétude.

— Et vous concluez ça juste en regardant mon bureau ? Vous vous pensez bien supérieure à tout ça, je me trompe ?

Sans détourner ses yeux des livres, elle afficha une moue satisfaite.

— Aurais-je vexé « Monsieur » ? Qu'arrivera-t-il, monsieur Declessis, si vous ne remettez pas une nouvelle fois votre belle cravate dans l'alignement de vos boutons de chemise comme vous passez votre temps à le faire... le ciel vous tombera-t-il sur la tête ?

Marius lui avait fait remarquer ce tic à plusieurs reprises et en avait fait un sujet de plaisanterie. Elle donnait l'impression d'en faire un élément à charge : le premier d'une longue liste visant à le déstabiliser. Puis, l'atmosphère s'alourdit étrangement. Les yeux sombres restaient étrangement fixés sur le roman « Vipère au poing ».

— Un ami d'enfance m'avait prêté ce roman. Un ami très cher, comme un frère. Il avait des rapports plus que difficiles avec ses parents, mais ne s'en plaignait à personne d'autre qu'à moi. Une prof de collège qui avait remarqué son mal-être a suggéré à sa mère de lui prendre rendez-vous chez un psychologue. Il avait tellement peur que ce dernier se serve de ce qu'il dirait contre lui qu'il est resté muet comme une tombe. Le « professionnel » a échoué de la même façon que les autres. Après presque cinq années de séances, à seulement dix-neuf ans, il s'est jeté d'un pont.

Geoffrey. L'évocation de son cousin lui donna l'impression, pendant un court instant, d'être à nouveau un adolescent. Il reprit rapidement ses esprits.

— Et d'après vous le psy est responsable ?

— Il y a beaucoup de responsables, mais un seul a eu le culot d'envoyer des honoraires.

Une certaine colère brillait dans les yeux chocolat. Un vif coup d'œil en direction du praticien lui fit retrouver son assurance.

— Je me suis mise en couple après sa mort, plus par solitude qu'autre chose. Quand j'ai réalisé que cela ne rimait à rien, j'ai voulu y mettre fin, mais Matthieu a très mal pris cette rupture. Il s'est énervé, les mots ont dépassé nos pensées, j'avais beaucoup d'heures de sommeil en retard et les conneries des collègues à rattraper au boulot. Une andouille s'est garée en travers de la sortie du parking, pour la cinquantième fois. Je voulais rentrer chez moi. Encore une fois, c'était une mauvaise journée. Fin de l'histoire. Pas de quoi faire les gros titres, vous voyez.

Elle jeta un œil sur le journal posé sur le rebord de la fenêtre derrière David et il fit pivoter sa chaise pour la suivre sans se lever.

— Virginie Bouchard, prononça-t-elle à voix haute. Vous savez que je suis passée dans sa rubrique pour mon passage au tribunal ! Cette fille doit s'ennuyer à un point phénoménal pour n'avoir que ce genre de chose à raconter. C'est le problème quand on a beaucoup d'ambition et peu de talent. Des clients m'ont dit qu'elle tentait d'approcher les parents.

Il avait conscience qu'elle cherchait à esquiver la conversation trop personnelle et, comme rien ne servait de la brusquer, il se prêta au jeu.

— Elle a effectivement peu de scrupules.

— Je l'ai croisé à l'école primaire, vous savez. Nous étions dans la même classe. À l'époque, son principal problème était sa sœur de quinze ans son aînée, a priori la favorite de papa et maman Bouchard. Je suppose que maintenant elle cherche à tout prix à se démarquer... mais je ne suis pas psy alors...

— Que faisait sa sœur ?

— Aux dernières nouvelles, elle travaille pour une grosse chaîne d'info sur Paris. Elle est partie il y a des années et je ne suis pas curieuse au point de demander des nouvelles de personnes qui ne m'intéressent pas plus que ça.

La pendule indiquait l'heure de fin de la séance. La voiture avait bon dos, le retard était volontaire.

— Je ne vous oblige pas à faire une demi-heure supplémentaire. Je suis de service pour la soirée, je dois retourner à la boutique me changer.

Elle tendit la main à David, persuadée qu'il la refuserait. Il y glissa la sienne, fermement, laissant passer une poignée de secondes de trop. Ce contact éveilla en lui quelque chose de dérangeant.

— À plus tard, Cassandre.

Il se doutait de l'endroit où elle allait. Elle était de service à la soirée de son grand-père et persuadé qu'elle serait surprise de l'y croiser mais, encore une fois, aucun étonnement n'apparut sur le pâle visage.

Une fois la jeune femme partie et les lumières des bureaux éteintes, il rejoignit son appartement pour se changer. Devant la glace, il remit à la hâte deux ou trois mèches brunes s'obstinant à retomber sur son front et aligna sa cravate « de soirée » aux boutons de sa chemise. Le geste le fit désespérer. Cassandre, l'avait-elle si bien cerné ? Au milieu de tous les costumes basiques, il s'était efforcé de choisir le moins « gendre idéal ». Il se refusait à ressembler au « bourgeois maniaque » que Cassandre avait décrit. Il réalisa que c'était bien la première fois qu'il choisissait ses habits en fonction d'une femme. L'idée ne l'avait jamais effleuré du temps de Céline, son ex-compagne. La sonnerie du téléphone retentit au fond de la poche de sa veste précédente.

— C'est ton collègue préféré qui te rappelle que tu es attendu !

Il regarda sa montre. Trente minutes de retard. Bon sang, il allait encore en entendre parler pendant les dix prochaines années ! L'avantage d'arriver après tout le monde, c'est que l'on ne voyait que vous au moment où vous entriez dans la salle. Bien sûr c'était un avantage à partir du moment où vous ne faisiez pas partie de ceux censés être présents en premier, d'autant plus en habitant à trois cents mètres de là. La bienséance ferait que ses parents ne le tueraient probablement pas tout de suite.

« Journal de Geoffrey,

Les vacances chez les cousins, c'est toujours le fun ! Tout doit être minuté et attention à la pendule, mais David arrive toujours avec trois plombes de retard !!! Pourtant je n'entends jamais vraiment d'engueulade avec un grand E... je crois que ça les amuse plus qu'autre chose ! Je ne me souviens pas de la dernière fois où j'ai réussi à faire rire ou juste sourire mes parents... peut-être jamais. »

Le buffet était somptueux, rien de surprenant venant de la maison Richet, et un paquet de monde en avait déjà après les petits fours et le champagne. Les têtes connues de la famille et de la ville défilaient auprès de

David, son grand-père, ses parents, son frère et sa belle-sœur. Il ne se souvenait pas de la dernière fois où il avait dû serrer autant de mains. Et puis une silhouette familière s'approcha : Céline, avec qui il avait partagé dix ans de sa vie. Ils s'étaient rencontrés au lycée ; leurs parents se connaissaient depuis des lustres. Ils se croisaient aux mêmes soirées et ils s'étaient retrouvés en couple sans même voir la chose venir. L'union de convenance par excellence jusqu'à un matin moins ordinaire que les autres où David se réveilla en se demandant ce qu'il faisait là. Une révélation tardive qui fut mal digérée par Céline ainsi que leurs familles respectives à un moment où ils s'attendaient plus à une annonce de mariage. Il se remémora un moment particulier : Céline, devant lui, attablé dans leur appartement, parlant de l'organisation du futur repas de Noël et lui, silencieux, se demandant comment il allait pouvoir annoncer son départ. Le sexe entre eux était passé d'habitude à corvée jusqu'à ce qu'il finisse par s'endormir de plus en plus souvent sur le canapé.

David était ressorti de cette relation en se promettant de ne plus être avec quelqu'un dont il ne se sentirait pas furieusement amoureux. La froideur de cette relation ne semblait choquer personne d'autre que lui et il avait dû se justifier un long moment de ce manque de sentiment réciproque envers quelqu'un qui avait été désigné d'office comme la bru idéale. Il sourit. Les mots de Cassandre sur la « belle fille bourgeoise choisie par papa et maman qui manquait sur la photo » lui revinrent immédiatement à l'esprit. La vie qu'elle avait décrite sur le ton de la moquerie aurait effectivement pu être la sienne s'il ne s'en était pas échappé. Il observait Céline aller et venir entre les différents invités, elle avait l'habitude du beau linge, nageait dedans depuis toujours. Elle fit mine de le voir en dernier et se rapprocha de lui, appelant un homme se trouvant quelques mètres plus loin. Le remplaçant supposé. Le regard fier qu'elle affichait semblait dire : « J'ai retrouvé quelqu'un et la vie est tellement mieux sans toi ! ».

— David. Ça fait plaisir de te voir ! Cela fait combien de temps ?

— À peine un mois, Céline, répondit-il, cassant son faux effet de détachement.

— Je te présente Adam Maillet, le propriétaire de la zone commerciale nord. Il travaillait à Paris, mais il a dû reprendre les rênes de son père dans le coin il y a très peu de temps. Il connait si peu de monde, je me suis dit que c'était l'occasion ou jamais.

— Et que pensez-vous de notre petite ville ? Ça doit vous changer ?

— Les gens sont limités mais on s'y habitue.

La suffisance du fils Maillet fit rire le psychologue. Le dialogue avec ce genre de personne ne lui paraissait que peu intéressant. Céline reprit le flambeau, la tête aussi haute.

— Et toi, dis-moi où est ta compagne ?

Si David était persuadé d'une chose, c'était qu'elle connaissait déjà parfaitement la réponse. Il la connaissait suffisamment pour savoir qu'elle ne se serait pas autant réjouie de poser cette question sans avoir, au préalable, interrogé tous les membres de la famille sur le sujet.

— Célibataire.

— Tu devrais faire attention, les hommes trop exigeants finissent vieux garçons !

— J'ai réalisé qu'il valait mieux prendre son temps pour trouver la bonne personne plutôt que de se précipiter dans une relation sans amour par pur besoin d'accompagnement.

La sérénité du ton qu'il avait employé piqua la femme. Il la savait susceptible alors pourquoi se priver d'un peu de mesquinerie ?

— Je suis désolé, mon frère et Marius m'appellent. Adam, c'était un plaisir. Céline… bonne soirée.

Nul besoin d'excuse pour s'échapper alors que son collègue et Sylvain, son frère, gesticulaient effectivement de manière étrange à l'autre bout de la salle. La dernière fois que David avait vu les deux comparses avec cette expression sur le visage, c'était par fierté d'avoir trouvé une nouvelle « fiancée potentielle » pour lui. Il connaissait par cœur leurs coups foireux et leurs goûts douteux. Et, effectivement, une jeune blonde moulée dans une robe de grande marque et décorée d'autant de bijoux qu'un sapin de Noël a de boules le regardait venir vers eux avec beaucoup d'attention. Marius et Sylvain se hâtèrent de faire les présentations.

— David, tu te souviens de Betty ?

Il secoua la tête en guise de non.

— Elle était une classe en dessous de toi au lycée ! Le monde est petit tu ne trouves pas !?

Ils s'éloignèrent vivement, laissant David empêtré jusqu'au cou.

— Il parait que tu es psychologue maintenant et que tu as ton cabinet. C'est fou ce que le temps passe vite, amorça la jeune femme dont le visage s'obstinait à ne pas lui revenir en mémoire.

Et sans qu'il ait eu le temps d'en placer une, elle enchaîna les détails de sa vie personnelle, sexuelle et professionnelle. Les minutes semblèrent s'étendre d'une manière peu rationnelle jusqu'à ce qu'une personne particulière entre dans la salle. Cassandre, habillée dans l'uniforme estampillé Richet, traversa la foule, attirant le regard envieux de certains hommes, jaloux de certaines femmes. Les cheveux tressés, quelques mèches retombant sur les yeux légèrement ourlés de crayon noir et l'insolente assurance donnaient au personnage un charisme se suffisant à lui-même. Il y avait quelque chose d'ambigu dans sa façon de sourire qui provoquait l'émoi chez les deux sexes. David réalisa l'ampleur de son décrochage de la conversation avec Betty quand il l'aperçut, l'air renfrogné, à l'autre bout de la pièce. Peu importait. Il aurait aimé dire qu'il avait passé une soirée décontractée à vagabonder entre tous les amis de la famille, mais il l'avait passée à se demander ce qui pouvait bien trotter dans la tête de sa patiente et à quel endroit se posait son regard. Elle lui avait reproché de ne « jamais se reposer », mais semblait elle-même scruter et étudier le monde gravitant autour d'elle. Un bon moment passa avant qu'il ne se décide à reprendre le jeu qu'ils s'étaient imposés dès leur premier échange. Sans dissimuler son intention, il s'approcha des tables où Cassandre remplissait les plateaux de mignardises.

— Que pense Cassandre du petit monde qui s'agite dans cette pièce ? Je suppose, vous connaissant, qu'il doit vous paraître bien superficiel. Tous ces riches bourgeois regroupés dans la même pièce…

— Ni envie ni plainte. Chacun sa vie. Leur argent ne les sauvera pas de la mort, les dénigrer ne me sauvera pas de la mienne. Ils n'ont rien de différent des autres. C'est même assez amusant de voir autant de personnes qui ne peuvent pas se supporter, se gratifier d'autant de compliments quand ils se voient.

Elle se tourna vers lui, le fameux sourcil relevé et un grand sourire illuminant son visage. Cette expression désormais familière et cette lucidité n'en finissaient plus de le troubler.

— Qu'est-ce qui vous fait croire qu'ils ne se supportent pas plus que ça ?

— Hors de question de faire de quelques cas, une généralité, mais… vous seriez surpris d'entendre ce qui se murmure à côté de moi et qui ne se répète pas devant les gens concernés. C'est l'avantage d'être invisible aux yeux de certaines personnes. Elles oublient que vous avez des oreilles.

— Balancez des noms, s'amusa-t-il faussement curieux.

— Je n'en dirai pas plus, je perdrais de bons moyens de pression sur les trois quarts des personnes présentes. Et puis, vous ne devriez pas trop vous attarder ici, vos relations vont penser que vous avez tellement peu d'amis que vous êtes obligé de vous contenter de la conversation de la serveuse.

Vous avez déjà fait mauvaise impression en arrivant en retard, voyons !

Elle s'esquiva pour servir un couple à l'autre bout du buffet, laissant David sur sa faim. La façon qu'elle avait de lui tourner le dos l'agaçait prodigieusement. Elle lui donnait l'impression d'être un enfant capricieux, exigeant qu'elle lui porte plus d'attention qu'à n'importe quelle autre personne qu'elle pourrait croiser.

— Elle te plaît ma petite serveuse ?

Il reconnut la voix de son grand-père, la « star » de la soirée. Il prit un air blasé, faisant face au vieil homme curieux.

— Elle déteste les psys. Elle déteste les gens maniérés. En fait… je pense qu'elle me déteste.

— Dommage, je la trouve bien plus intéressante que la fille avec laquelle Sylvain et Marius essayent de te caser !

David vouait une admiration sans faille à cet homme qui était parti de rien, avait cumulé les petits boulots pour payer ses études de médecine et n'avait jamais perdu de vue la valeur des gens et de l'argent. L'ancien se tourna vers Cassandre, la gratifiant d'un clin d'œil coquin.

— C'est mon petit-fils, se vanta-t-il, et il est célibataire !

Le psychologue leva les yeux au ciel, gêné tandis que Cassandre riait de bon cœur.

— Je ne crois pas que vous cherchiez du bon côté du buffet, monsieur Declessis, se défendit-elle.

— La plupart de ces filles ont un balai dans le derrière, il le sait, il en a enduré une pendant dix ans, pas vrai ?

David continuait à faire les gros yeux comme un adulte le ferait à un enfant à la langue trop pendue.

— Ne faites pas attention à son air méchant ! renchérit l'aïeul. Il est un peu coincé, mais vraiment adorable !

La jeune femme adressa un sourire moqueur en direction de David. Il avait le sentiment qu'il ne pouvait pas tomber plus bas. Tandis qu'elle retournait au service, il aperçut Marius, tentant de se cacher derrière un arbre à l'extérieur du bâtiment et le rejoignit à grands pas histoire de respirer un peu.

Marius, la cigarette à la bouche et un air coupable ouvrit de grands yeux étonnés devant son ami.

— Quoi !? J'avais plus de bonbons !! Tu as oublié de m'en prendre aujourd'hui, tu te rappelles !?

— Oh ! donc c'est de ma faute. Toutes mes excuses !

Un détail au loin attira le regard de David. D'où ils étaient placés, on apercevait une des banderoles rouges et blanches que la police avait posées à l'endroit où le corps d'Émilie avait été retrouvé. Elle s'était détachée avec le vent et flottait, accrochée à la branche d'un arbre. La salle des fêtes se trouvait à côté des quais et on voyait aisément à des centaines de mètres le long de la Loire.

— Difficile de regarder ce coin-là sans penser à ce qui s'y est passé, coupa Marius dans le silence, pauvre gamine.

Des dizaines de bouquets de fleurs décoraient la pelouse, effaçant toutes traces de boue, et faisant facilement comprendre à n'importe quelle personne du coin ou non qu'un drame avait eu lieu ici.

— Comment va Gabrielle Pérard ?

— Aussi mal qu'on peut aller dans ce genre de cas, je suppose.

— L'enquête avance ? Baptiste t'a dit quelque chose ?

— Il ne m'a rien dit de plus que ce qu'il y a d'écrit dans le journal.

— C'est un tueur en série ? Ils le savent ça au moins, non ?

— Marius… ce soir, c'est fête.

Marius émit un petit grognement d'insatisfaction. S'il ne pouvait combler sa curiosité sur ce sujet-là, il en trouverait un autre.

- La fille avec qui tu parlais, c'est celle qui vient au cabinet depuis deux semaines.

- Comment tu sais ça toi ? Tu n'es plus là quand elle vient.

- Clarice l'a reconnue tout à l'heure. C'est bizarre son visage me dit quelque chose, mais je n'arrive pas à le remettre.

- Elle était à l'enterrement de Geoffrey. C'est impressionnant que tu puisses t'en souvenir…

- Non, mais si elle travaille chez Richet, j'ai dû la voir une fois ou deux. Elle était à l'enterrement de Geoffrey !?

David se tut d'un coup. Si Marius était bien présent à la cérémonie de son cousin, il réalisa que ce n'était pas là qu'il l'avait vu, ayant eu beaucoup plus d'occasions de la croiser en ville. Il avait révélé quelque chose sans réfléchir.

- Attends. Cassandre, c'est ça !? C'est la fille dont il parlait dans son journal ?! Celle à cause de qui il a sauté du pont ?!

— Il ne s'est pas jeté du pont à cause d'elle. Il était fragile. Inutile de transformer en fait une rumeur basée sur quelques mots dans un journal.

— Clarice m'a dit qu'elle était envoyée par le tribunal après une plainte. Purée, le monde est petit, dix ans plus tard, elle se pointe dans TON cabinet. Et pourquoi ?

— C'est la ville qui est petite. Elle a commencé chez Richet en apprentissage, quelque temps avant la mort de Geoffrey. Ça fait plus de dix ans. S'il y a quelque chose de bizarre, c'est qu'on ne l'ait pas croisée plus tôt. Pour ce qui est de la raison de ses consultations, tu es psy, tu es censé savoir que rien ne doit sortir du bureau et Clarice n'a pas à s'étendre sur mes dossiers. Un peu de professionnalisme ne vous étoufferait pas de temps en temps.

Énervé par la conversation, David tourna les talons après avoir jeté un dernier coup d'œil à la banderole qui continuait de le narguer.

— C'est quoi ton excuse pour ton retard ?

Son père l'attendait derrière la porte-fenêtre comme un prédateur guettant sa proie.

— Je ne savais pas ce que j'allais mettre comme cravate ! lui rétorqua-t-il, ulcéré de devoir se justifier.

— Ça va en ce moment ?

— Pourquoi ça n'irait pas ?

— Je sais que tu t'occupes des familles des victimes. Et tu connais bien les Pérard. C'est délicat.

— Justement. Ce sont eux les plus à plaindre.

Un couple qu'il connaissait lui fit signe et il en profita pour écourter la conversation. Le reste de la fête se déroula de la même manière, le but du jeu étant d'éviter toutes les questions concernant les meurtres, au milieu d'autres politesses et banalités.

Il termina aux côtés de son grand-père, fatigué, ayant trouvé refuge sur une chaise dans un coin, après avoir remercié les gens pour leur passage. Il était convenu que David le raccompagne chez lui, habitant une petite maison avant la sortie de la ville, à l'opposé de celle de ses parents. Marius les rejoignit en dernier et glissa un numéro de téléphone dans la poche de David.

— Betty ! La fille de tout à l'heure ! Vous croyez ça, monsieur Declessis !? Un mètre quatre-vingt, une taille de guêpe, des jambes interminables et « monsieur » David lui tourne le dos ! Heureusement, elle n'est pas rancunière !

Après un dernier au revoir, il ne restait plus qu'eux dans la salle. Eux et le personnel de chez Richet affairé à débarrasser. Eux et Cassandre.

— Un petit verre ma Cassy, lança le grand-père, séducteur.

Elle s'avança, la démarche féline, frôla David, sans lui jeter le moindre regard et se pencha avec un grand sourire vers son interlocuteur.

— Malgré le charme extraordinaire du gentleman qui me le propose, je me vois obligée de refuser. Mon lit m'attend impatiemment. J'espère que vous êtes satisfait de la soirée. Je vous mettrai votre petit croissant de côté demain matin.

— Elle roule de nouveau votre voiture ?

— Non, mais je vais appeler un taxi.

— Foutaise ! David me ramène chez moi. Il peut bien faire un petit crochet !

David n'avait rien trouvé à redire. À quoi bon. Et à minuit passé, il se retrouva dans sa voiture avec un parfum sucré lui caressant les narines. Il n'avait pas cru bon de dire à son grand-père que Cassandre était une de ses patientes et il se souvint avoir reproché à Marius son manque de professionnalisme alors qu'il pensait lui-même en manquer à ce moment précis. La jeune femme ne parut cependant porter aucune attention à son chauffeur, parlant exclusivement à son client habituel. Un silence pesant s'installa un petit moment lorsque Bernard Declessis ne fut plus dans le véhicule.

— La demoiselle dont le numéro se trouve dans votre poche vous trouve coincé aussi, à moins qu'elle n'ait carrément parlé de glaçon, je ne me souviens plus trop. En tout cas, entre elle et la compagne du fils Maillet, vous n'avez pas l'air de laisser de bons souvenirs auprès de la gent féminine.

La petite révélation le fit sourire. Elle avait vraiment les oreilles qui traînaient partout et n'avait pas perdu l'occasion d'un énième tacle.

— Et je suppose que vous êtes d'accord ?

Elle fit mine de réfléchir.

— Je ne dirai rien. C'est vous qui tenez le volant.

— Courageuse, mais pas téméraire. Je ne savais pas que ma vie personnelle vous intéressait à ce point, railla-t-il.

— Ne vous faites aucun souci. Contrairement à certaines personnes, je ne vis pas des déboires des gens. Il s'agit juste de faire la conversation.

Le silence s'installa de nouveau. Le seul bruit parvenant aux oreilles de David fut le frottement des jambes de la jeune femme quand elle les croisa. Sa jupe de tailleur se releva légèrement sur ses cuisses et il se surprit à s'imaginer poser sa main dessus, la remonter lentement, jusqu'au point de non-retour. Sa cravate parut l'étouffer. Sa veste de costume était de trop. Tout était trop chaud. Tout était de trop dans un habitacle minuscule. Ses divagations furent écourtées quand elle lui fit signe qu'ils étaient arrivés. Il voulut sortir lui ouvrir la portière, mais, d'un signe de tête, elle lui fit comprendre que ce n'était pas nécessaire.

— J'aurais tendance à dire que je suis un peu déçue du fait que vous ne soyez pas plus rancunier que ça après la séance de ce soir.

— Si je m'énervais après chaque réflexion douteuse de mes patients qui en ont gros sur le cœur, je n'en finirais plus. Désolé de vous décevoir, mais j'ai déjà croisé bon nombre de personnes bien pires que Cassandre Archeur.

Il crut voir du respect dans son regard, puis elle détourna les yeux.

— Je vous remercie pour le trajet. On se voit la semaine prochaine, il me semble. Bonne soirée.

Un claquement de portière avant qu'il n'ait eu le temps d'articuler une phrase et elle lui tourna le dos… encore une fois.

« Journal de Geoffrey,

J'arrive devant chez Cassy, je l'attends à sa fenêtre de chambre et j'entends… « J'ai mal au bras, Cassandre, si je suis obligé de lâcher ce bouquin parce que tu n'as toujours pas trouvé la solution du problème, je t'en colle une ! »… Comme si ça pouvait aider ! Je serre les poings et j'entends la vieille compter… 1… 2… 3…. Et là, la baffe retentit au travers de la vitre… le vieux s'amène et en rajoute une couche : « arrête de chialer, tu t'enlaidis !! »… Un jour, ils paieront. Ils paieront tous ce qu'ils nous font endurer sous couvert de leurs mauvaises journées, de leurs mauvais choix de vie. »

3

Vendredi 12 février,

Justine Rézard repassa le bas de son survêtement au-dessus de ses chaussettes. Il faisait affreusement froid et même si elle savait qu'après quelques minutes de course, ce ne serait plus qu'un mauvais souvenir, elle se maudit tout de même de s'obliger au sport dans ces conditions climatiques. Elle était sortie du boulot plus tard que prévu et s'était fait violence pour aller courir, sachant qu'elle n'aurait pas le même courage le lendemain matin. Les lumières de la ville brillaient encore et lui permettaient de longer les bords de Loire avec un minimum de visibilité. Le passage des quelques voitures prenant l'endroit pour une piste de course l'obligeait à s'enfoncer un peu plus dans l'accotement humide et rendait l'exercice assez pénible. Après un instant, une musique entraînante dans les écouteurs, ses dernières réticences s'envolèrent, laissant place à la détente. Ce moment était celui qu'elle préférait de la journée. Le calme de l'heure tardive et la beauté du fleuve, illuminé de la lune, des derniers réverbères et des lumières du pont, l'apaisaient considérablement. Martial, son petit-ami avec qui elle s'était installée récemment, travaillait de nuit à la centrale de Belleville, à une quinzaine de kilomètres de Cormes, de l'autre côté du pont et n'avait donc pas à l'attendre. Elle réalisa le temps passé lorsque les réverbères s'éteignirent, ne laissant plus que les bandes réfléchissantes de ses vêtements comme seul signe de sa présence. Elle balaya les alentours pour se décider sur le chemin le plus pratique pour rentrer : remonter par la rue qui menait à la ferme non loin de là et rejoindre ainsi le centre-ville ou faire demi-tour sur le même chemin et arriver directement près de chez elle. Elle choisit cette dernière option, refusant de s'éloigner du fleuve dont les flots semblaient la suivre. Un bruit sourd sembla parasiter la musique dans ses oreilles et des phares s'étalèrent une dizaine de mètres devant elle. Elle se tourna, éblouie, pensant qu'elle prenait trop de place sur la route et décida de s'écarter davantage, mais le véhicule s'obstina à rouler au même rythme qu'elle. Elle accéléra le pas, désireuse de retrouver un peu de visibilité, les yeux encore marqués par la lumière agressive. La voiture sembla alors accélérer et elle commença à se réjouir du fait qu'il la double enfin. Le choc fut violent, ses genoux se dérobèrent sous son corps, éclatant contre le pare-choc et la propulsant un peu plus loin. Sonnée, le corps dans la boue, elle tenta de voir le conducteur, mais les phares s'éteignirent, laissant juste une silhouette s'approcher d'elle. La douleur dans ses jambes l'empêcha de s'éloigner et elle se sentit tirée par les cheveux, trainée jusqu'à l'intérieur de la voiture.

***

Samedi 13 février,

Attablé dans le bistrot, David feuilletait les journaux et leurs dernières révélations sur l'affaire ou comment faire paniquer la moitié de la population féminine avec des titres accrocheurs : « Le tueur de la Loire de plus en plus proche », « L'enquête piétine, les meurtres de moins en moins espacés », « Danger pour les jeunes femmes après minuit », « Le tueur de Cormes à l'affût ». Virginie Bouchard devait nager dans le bonheur.

— À votre avis, ils font quoi les flics ?

David releva le nez pour se retrouver face à Dany, le propriétaire du bar.

— Ce qu'ils peuvent sûrement.

Le ton était sec et Dany leva les yeux au ciel en posant plus ou moins délicatement le café sur la table puis repartit derrière le comptoir.

— Pour un psychologue, vous n'êtes pas très diplomate, s'amusa une voix féminine dans son dos.

— Cassandre Archeur, dit-il à voix haute en feignant de continuer à lire. C'est vrai que vous en connaissez un rayon en matière de diplomatie.

— La plupart des clients de la boutique ne trouvent rien à y redire.

— Dommage que le miracle ne se poursuive pas une fois l'uniforme enlevé.

— Vous préférez les gens bavards et transparents comme de grands livres ouverts ?

Elle imita l'aisance du psychologue de la dernière fois où ils s'étaient croisés à ce bistrot et s'assit directement en face de lui, attendant la réponse à sa question.

— J'aime connaître l'histoire des gens. C'est intéressant de découvrir les autres, savoir d'où ils viennent, ce qui a fait qu'ils sont comme ils sont.

Elle approcha sa chaise de David, s'accouda à la table au plus près de lui, suffisamment pour qu'il l'entende murmurer.

— La dame qui est passée devant nous il y a quelques secondes va le refaire une vingtaine de fois dans la prochaine heure, avec des jeux à gratter, jusqu'à ce que son porte-monnaie soit vide, parce qu'elle n'a que ça comme passion dans la vie. La petite famille parfaite à la table au fond, belle-maman qui tient sa bru par les épaules en lui donnant de grands sourires... Vous les voyez ? Quand elle vient à la boutique, elle la traite de salope qui tient son fils par le sexe. La jeune femme serrant des poignées de main à tout le monde depuis tout à l'heure devant la boutique en demandant des nouvelles des gens… s'en contrefout totalement. Elle est intéressée par un poste à la mairie, point. Et le couple de gentils petits retraités à droite…

David tourna la tête et reconnut les Carrois, des amis de ses parents qui étaient présents à la soirée de son grand-père.

— Un jour où il n'y avait que lui, monsieur m'a demandé très sérieusement si je ne voulais pas lui faire des cochonneries pendant que sa femme regardait parce qu'elle n'arrivait plus à le satisfaire.

Le psychologue se racla la gorge, reposa sa tasse de café, peu désireux d'en savoir davantage sur des gens avec qui il dînait fréquemment. Le vieux Carrois le salua bruyamment de son emplacement et se leva dans leur direction.

— David, Cassandre, vous avez le temps de boire un petit café avec nous ?

— Désolé, je m'apprêtais à partir, mais une autre fois, répondit Cassandre du tac au tac.

— Moi aussi, je raccompagne la demoiselle, renchérit aussi vite David.

Cassandre tenta de cacher un léger rire et entraîna le psychologue vers les quais de la Loire.

— Vous avez raison, les gens ont tous une histoire, mais je ne suis pas sûre qu'il soit toujours bon de la connaître, s'amusa-t-elle. Aurais-je réussi à vous gêner ? Il n'y aurait donc pas que votre ex qui ait un problème de balai… Votre grand-père est donc passé à côté de vos nombreux points communs.

Elle était de toute évidence d'humeur joueuse et lui n'en demandait pas plus.

— Le couple que vous m'avez montré… Ce sont des amis et vous le savez. Vous les avez vus à la soirée. Je ne pense effectivement pas qu'il me soit nécessaire de connaître tous les détails de leur vie sexuelle. Mais entre s'intéresser à tout le monde et à personne, il y a un juste milieu, non ?

— C'est une petite ville ici. Pas besoin de s'intéresser aux gens pour savoir ce qu'ils font. Cela finit toujours par retomber dans les oreilles de tout le monde.

Ils marchèrent quelques minutes sans un mot. Le ruissellement de l'eau et les feuilles remuant sous la brise furent la seule musique perturbant le silence devenant trop intime pour elle. La gêne transparaissait sur son visage. Elle prit alors l'initiative de briser l'instant. Il sourit, réalisant qu'elle était plus gênée par ce que pouvait révéler ses silences que ses mots.

— Vous n'avez jamais eu envie d'ailleurs ?

— J'ai failli m'associer avec un camarade de promo sur Clermont il y a quelques années.

— Pourquoi ne pas y être allé ?

— Je me sens bien ici. Et vous ? Vous auriez pu partir ou faire d'autres études…

— Je voulais être indépendante le plus rapidement possible. La voie la plus rapide était ce qu'il y avait de mieux pour moi et puis j'aime la plupart des gens, ici.

— La plupart seulement ?

— J'ai quelques difficultés avec mon psy.

— Le fameux problème de balai, je suppose.

— Non. Il est trop curieux.

Il stoppa sa marche, s'appuya sur le dossier d'un banc à proximité et scruta le visage diaphane. Le taquinait-elle ou pensait-elle réellement avoir du mal à le supporter ? Elle le fixa quelques secondes, semblant se satisfaire de l'effet de la remarque, puis détourna les yeux, presque gênée.

— Il n'est pas donné à tout le monde de se sentir bien dans ses souvenirs d'enfance, conclut-elle les yeux plongés aux fins fonds de la Loire.

Le téléphone de David le fit sursauter, perdu dans la contemplation d'une âme qu'il était de plus en plus pressé de cerner.

— Sylvain… j'arrive dans cinq minutes.

Face à Cassandre, pensif, il raccrocha et remit machinalement sa cravate en place. Elle sourit.

— C'est un tic, et alors ? se défendit-il. Je suis persuadé que vous en avez aussi.

— C'est mignon, ria-t-elle.

Le téléphone retentit de nouveau et David prit un air blasé.

— Désolé. Je dois rejoindre mon frère. Il est incapable de choisir un parfum tout seul et n'a aucune patience.

— Pour lui, le parfum !?

— La Saint-Valentin pour sa femme. Très snob et aucun sens de l'humour, vous l'adoreriez.

— Vous n'avez pas l'air de l'apprécier non plus, je me trompe ?

— Ce n'est pas important. Il l'aime, c'est tout ce qui compte.

Elle sembla approuver ces derniers mots et il crut de nouveau apercevoir une forme de respect.

— Et vous ? enchaîna-t-elle.

— Moi, quoi ?

— La Saint-Valentin... Betty ?

Elle se moquait et il le savait.

— Vous pensez qu'elle ferait la bru idéale choisie par papa et maman ? Celle qui irait bien dans le cadre de mon bureau ? joua-t-il.

Elle fit semblant de réfléchir, le regard lointain.

— Ohhh oui, oui, oui. Je vois très bien le tableau. Un couple vraiment assorti et chaleureux et puis, pipelette comme elle est, vous n'auriez même pas besoin de la faire s'allonger sur le divan. Gros gain de temps... foncez !

— C'est ce que vous faites avec l'homme qui vous sert de chauffeur ?

Elle sourit, semblant satisfaite d'avoir touché sa curiosité.

— Non, se contenta-t-elle de répondre.

Puis elle détourna de nouveau les yeux, s'obstinant à fixer le fleuve, son chemin de promenade.

— Je vais vous laisser. Je crois que vous avez un parfum à choisir.

— Ça ne répond pas à ma question ?

— Nous ne sommes pas dans votre cabinet, ici, monsieur Declessis.

— Vous n'y répondrez pas non plus là-haut.

— Ma vie personnelle n'a rien de captivant. Faites-moi confiance. Je vous évite des heures d'ennui.

Elle finit par lui tendre la main pour le saluer et il se sentit déçu du côté impersonnel du geste. Il n'arrivait pas à la voir comme une patiente, mais comme un personnage qui faisait indirectement partie de son adolescence, de sa vocation, de sa vie. Elle était l'un des personnages principaux d'un livre dont il ne s'était jamais séparé et qu'elle soit là, maintenant, lui paraissait toujours aussi surréaliste. Il la regarda s'éloigner au pas de course et rejoignit Sylvain à la parfumerie, persuadé d'avoir retrouvé ses esprits.

— Tu étais où ? Ça fait dix minutes que j'essaye de te joindre !

— Si on te le demande, tu diras que tu n'en sais rien, répondit l'interrogé, calmement.

— Une fille ? sonda Sylvain, le sourire d'un enfant de quatre ans aux lèvres.

Impossible d'être en colère contre une bouille pareille, même portée par un homme qui approchait la quarantaine. En guise de réponse, David l'aspergea avec un vaporisateur qui servait de testeur. Le visage inquisiteur se déforma et mima la nausée.

— Je suppose, vu ta grimace, qu'on ne prendra pas celui-là.

Une odeur flotta jusqu'aux narines du psychologue qui le stoppa net dans ses enfantillages. Une odeur envoûtante et familière, sucrée, qui le ramena le long des quais.

Le soir même, en s'endormant, il rêva de Cassandre, son parfum, ses cheveux, son corps sous ses doigts, ses jambes enroulées autour de sa taille. Le souffle anarchique et les doigts enfoncés dans ses draps, il eut l'impression d'être un drogué en manque d'une substance pourtant jamais goûtée. L'imaginer enfin abdiquer et se livrer physiquement à défaut de moralement, remplissait la plupart de ses nuits.

***

Lundi 15 février,

Déconnecté des réseaux sociaux depuis quelques jours et sans nouvelle de Baptiste, David fut surpris en arrivant au bureau de tabac le lendemain matin.

« Disparition suspecte à Cormes »

— Justine Rézard, la fille du cordonnier ! Elle travaillait à la maison de retraite, balança Faure.

— Je la connais.

— Tout le monde la connaissait ! Bon sang… vingt-cinq ans ! Elle venait d'emménager avec son « Jules ». Purée, mais quelle idée aussi d'aller courir en pleine nuit à un endroit où tu sais qu'il y a eu deux filles tuées !!!!

— Rien ne dit qu'il y ait un lien.

— Tu es très optimiste et Virginie Bouchard, elle, elle est réaliste !

L'article à la une était signé du nom de la journaliste.

— Madame a eu une promotion ! Finie la petite rubrique de fin de la dernière page, elle monte en grade, constata David.

— Ma foi, elle fait du bon boulot après tout ! Sur sa page, elle raconte que tu l'as jetée comme une malpropre de ton bureau et que tu participes au fait de laisser les gens dans le flou et l'insécurité.

— On n'a pas tout à fait la même conception de « boulot » tous les deux et créer un vent de panique sur la ville ne participe en rien à la sécurité des gens.

— Moi, je dis qu'il devrait y avoir un couvre-feu !!

Après avoir salué Faure, David plongea dans l'article et s'étonna de ne pas avoir de nouvelles de Baptiste puis finalement pensa que ce devait être bon signe. La disparition de Justine n'avait peut-être rien à voir avec les meurtres. Il réalisa que c'était le premier lundi, depuis un moment, que personne n'était annoncé comme mort et croisa les doigts pour que la disparue soit retrouvée au plus vite saine et sauve. Ses patients habituels défilèrent sans qu'il n'ait à déplorer les questions indiscrètes qu'auraient pu poser certains d'entre eux sur les articles de Bouchard.

— David… Cassandre Archeur, annonça Clarice.

Presque une demi-heure de retard, mais la séance d'avant ayant débordé involontairement, il ne lui en tiendrait pas rigueur et puis ce prénom sonnait aussi la fin de la journée. Tandis qu'elle rentrait dans le bureau, il actionna la fermeture électrique des volets dans son dos.

— Vous ne profitez pas de la vue ? demanda-t-elle.

Il aperçut une lueur de panique dans les yeux chocolat, l'espace d'une seconde. Aussi vite envolée et remplacée par l'expression habituelle. Sa fenêtre donnait sur une minuscule cour, décorée d'une petite fontaine ornée d'une sculpture d'ange et de démon entrelacés et d'un banc, le tout éclairé par des lampions accrochés aux murs voisins. L'accès était seulement accessible aux occupants de ce cabinet et de l'appartement au-dessus, le sien.

— Je la connais déjà. Vous préférez que je laisse ouvert ?

— Non, j'aimerais y aller.

Il se figea une poignée de secondes.

— Il doit faire à peine dix degrés dehors.

Elle acquiesça, prit une moue boudeuse et s'enfonça dans le fauteuil en fouillant les magazines.

— Vous n'avez rien d'autre que des Paris match des années quatre-vingt ?

Leurs dernières discussions n'avaient rien changées. C'était comme repartir de zéro dès qu'elle rentrait dans le cabinet. Il comprit qu'elle allait réitérer le comportement du premier rendez-vous et il enfila silencieusement son manteau, résigné.

— On y va, mais vous laissez ces magazines ici !

Elle sourit comme une enfant ayant obtenu qu'on cède à son caprice. La température étant encore moins élevée qu'il le pensait et il se maudit d'avoir concédé cette sortie.

— Vous avez déjà eu ce genre d'excès de violence par le passé ?

David repartit sur le sujet de la plainte, persuadé qu'elle se montrerait coopérative en échange du pas qu'il avait fait. Sans répondre, elle s'assit sur le bord de la fontaine, déchiffrant l'inscription gravée sur une plaque métallique sous la sculpture.

> — « L'homme a besoin de ce qu'il a de pire en lui s'il veut parvenir à ce qu'il a de meilleur. Friedrich Nietzsche », releva-t-elle. C'est vous qui l'avez fait inscrire ?

Elle semblait de nouveau esquiver la question. La tactique n'avait plus rien de surprenant.

— C'est important ? demanda-t-il.

Elle le scruta un instant, ses yeux plongés dans les siens.

> — Ces séances ne sont pas faites pour dresser mon portrait, mais bien le vôtre, Cassandre, assura-t-il d'une voix douce.

> — Je n'aime pas les relations à sens unique. Elles finissent souvent mal.

Dans le reflet de l'eau, elle observa les yeux posés sur elle. La lumière renvoyée par les vaguelettes qu'elle provoquait du bout de ses doigts rendait les iris du psychologue d'un bleu d'une pureté surréaliste. Cinq bonnes minutes passèrent dans le silence le plus total. La ville semblait morte. La jeune femme eut l'air de partir dans un autre monde, très loin où elle retrouvait un semblant de paix, de sécurité. Ce fameux monde décrit par Geoffrey. Un endroit perdu dans son imaginaire qui ne ressortait que dans certains croquis, certains regards, certains silences. Quelque chose qui n'avait toujours appartenu qu'à elle seule et dont personne n'avait pu se vanter d'avoir eu la clé à un moment ou à un autre de sa vie.

— Vous êtes-vous déjà énervé pour quelque chose qui vous tenait à cœur ? demanda-t-elle d'une voix particulièrement douce.

— J'essaye d'éviter de céder à la colère. Mais je suis un être humain comme tout le monde. Que s'est-il passé avec votre ex-ami, Cassandre.

— La même chose qu'avec Céline et vous, je suppose. Vous vous réveillez un matin et vous réalisez que vous vous trompez de route, que vous avez choisi la sécurité, la facilité. On ne risque pas de souffrir quand on est avec quelqu'un de qui on n'attend rien. Et puis le temps passe et un jour, sans expliquer pourquoi, vous réalisez que la vie est courte et que vous n'aurez pas d'autre chance.

— Vous avez rencontré quelqu'un d'autre ?

Elle pouffa.

— Si vous vous voulez parler de l'homme qui me balade en voiture, la réponse est toujours non. Je le connais depuis plus de dix ans, il a commencé son apprentissage en boulangerie quand je commençais le mien en vente. C'est un garçon qui n'a pas eu la vie très facile et... quand vous avez déjà subi la perte d'un ami par négligence, vous ne voulez pas refaire la même erreur.

— Vous ne pouvez pas régler les problèmes de tout le monde.

— Et c'est vous qui dites ça ?

Il sourit.

— Moi non plus. Ce que l'on peut faire de mieux est d'aider, répondit-il.

— Je n'ai pas besoin d'aide et vous ?

— Je ne crois pas non plus.

— Alors pourquoi êtes-vous toujours seul ? Vos amis, votre famille semblent s'en inquiéter. Vous quittez une fiancée après des années de vie commune et puis... quoi ? plus rien ? Personne d'autre dans votre vie ?

— Non, répondit-il en secouant la tête, amusé.

— Un homme peut-être ?

— Non plus. Ma vie personnelle n'a rien de captivant, renvoya-t-il en écho à la réponse qu'elle avait elle-même fournie quelques temps plus tôt. À moins qu'elle ne vous intéresse que pour d'autres raisons que celle d'éviter de parler de vous ?

— Non, monsieur Declessis, sourit-elle.

Elle replongea son regard dans l'eau de la fontaine.

— D'après vous, la phrase gravée sur cette fontaine veut dire qu'il serait idiot de se séparer de ses démons parce qu'ils font ce que nous sommes et nous permettent de connaître nos limites, mais que se passe-t-il quand vous avez autour de vous des gens qui n'arrivent pas à concilier les parties les plus sombres avec les parties les plus éclairées de leur personnalité ? Quelle solution reste-t-il, monsieur Declessis ? Les regarder se noyer ?

— Tout tenter en acceptant que cela ne suffise malheureusement pas toujours.

Elle inspira, peu satisfaite de la réponse, retira ses doigts de l'eau froide puis se redressa devant lui. Elle le crut plus éloigné d'elle et se retrouva à quelques centimètres de son visage. Il la sentit nerveuse au moment où il posa ses yeux sur ses lèvres. La température chuta quand elle recula d'un pas puis le contourna pour retourner à l'intérieur du bâtiment.

— Vous êtes frigorifié. Monsieur est habitué à la chaleur de son petit bureau douillet, lança-t-elle, assurée.

— Je n'ai pas froid, répondit-il rapidement avant de l'agripper par le bras.

Plus brusque que prévu, le geste eut pour effet d'attirer la jeune femme contre lui. Ce simple contact provoqua le déraillement total dans l'esprit du psychologue. Sa capacité de réflexion et toute lucidité s'évanouirent aussitôt, étouffés par la chaleur naissant au creux de son ventre. En quelques secondes, il avait collé sa bouche contre les lèvres roses et entrouvertes, y glissant sa langue, comme affamé. Ses doigts pressaient les bras de Cassandre plus que de raison et, bizarrement, elle n'eut aucun réflexe de recul, bien au contraire. Agrippée au col de sa veste, elle semblait animée du même désir que lui, répondant au même besoin vital, fougueux. Malgré tout, elle finit par s'arracher à lui, haletante, perturbée. Ils se toisèrent un instant, ne sachant quoi dire. Elle regagna alors le bureau, saisie par la différence de température puis réalisa qu'elle avait déjà sur elle tous ses effets personnels.

— Mon chauffeur m'attend. Désolée pour le retard.

Elle partit précipitamment, sans lui serrer la main et alors que David était persuadé qu'aucune voiture n'était arrivée depuis le cabinet.

— Séance difficile, demanda Clarice.

— Non. Pas vraiment.

***

Jeudi 18 février,

— Joyeux anniversaire Morgane !!! On t'épargne la chanson, mais le cœur y est !!!

Laura, Morgane et Julie finirent la dernière bouteille de mousseux.

— Que du bonheur pour les prochaines années à venir !!! Et félicitations pour ton nouveau poste !! Enfin une qui a osé partir de Cormes !! s'exclama Julie.

— Oui… enfin, c'est Nevers, hein. Ce n'est pas non plus à trois heures de route ! ria-t-elle. Et puis Cormes restera toujours ma ville. Je ne m'y déplaisais pas, figurez-vous et peut-être qu'un poste finira par se libérer là-haut pour moi.

— Oulà, tu sais qu'en ce moment, il ne fait pas bon vivre par chez nous.

— J'ai vu ça dans les journaux. Cormes à la télé, ça vaut le coup. Dommage que ce soit dans ces circonstances !

— Tu sais ce qu'on dit : qu'on parle de toi en bien ou en mal, le principal est qu'on parle de toi, non ?

— Je ne pense pas qu'un tueur en série aide forcément le tourisme sur ce coup-là.

— Tu réalises qu'à part la première, toutes les autres avaient notre âge ? Ça fait froid dans le dos. Ça aurait très bien pu être nous. J'étais au « Tropical », il y a encore un mois de ça et quand tu y repenses, ça fait flipper. Tu ne regardes plus les mecs à la tête louche de la même manière.

— Parce que d'habitude, tu les regardes comment les mecs à la tête louche !?

Les trois jeunes femmes partirent dans un fou rire, conscientes que leur conversation se trouvait quelque peu altérée par l'alcool.

— Nan, sans déconner, je les connaissais toutes quand même.

La phrase de Morgane fit relever les sourcils de Julie et Laura.

— Ben, je veux dire. On était toutes à la même école primaire et même au collège, quoi.

— La première n'avait pas dix-huit ans ! s'exclama Laura.

— Emily, je ne la connaissais pas, mais sa sœur aînée, si. Elle était deux classes en dessous de moi, il me semble.

— C'est dingue. Tu te souviens des filles de primaire, toi !?

— Attends, mais j'ai encore toutes les photos et les noms derrière figure-toi ! Heureusement, sinon j'en aurais oublié la moitié.

Elle sortit fièrement les photos de classe où tous les niveaux étaient mélangés pour la primaire.

— Je crois qu'on doit faire une petite mise à jour !! s'exclama-t-elle, hilare.

Elle saisit un marqueur noir et apposa une croix sur certains visages.

— Sabrina... encore vivante ! Élodie... décédée ! Justine... Qu'est-ce qu'on fait quand c'est seulement porté disparu ?

— Change de couleur !! cria Julie dans un fou rire.

— Virginie... eh !! elle est journaliste maintenant cette petite saloperie !

Les jeunes femmes, perdues dans leur délire, passèrent une bonne partie de la soirée sur les clichés vieillis, entre les camarades qu'elles ne reconnaissaient pas et celles dont elles riaient de ce qu'elles étaient devenues. Puis, la fatigue les rattrapa lourdement.

— On est ignobles. Vous réalisez comme on est ignobles sur ce coup-là ? demanda Julie.

Les deux autres inspirèrent, réfléchirent.

— Arfff… on n'a jamais vraiment été des anges non plus, hein ! constata Laura.

Elles se lancèrent dans un dernier fou rire avant de regarder la pendule et de constater qu'elles s'étaient laissé distraire suffisamment longtemps. Julie enfila son long manteau beige et partit la première, habitant légèrement en retrait de Cormes et ayant le plus de chemin à parcourir. Laura lui emboîta le pas, attrapant la première veste dans la penderie.

— C'est une des miennes, ça ! ria Morgane.

— Oups.

— Je te raccompagne jusqu'à ta voiture. Je ne voudrais pas que tu essayes de partir avec celle d'un autre !

Laura se dirigea péniblement jusqu'à sa voiture, les yeux brillants et le teint blafard. Le repas s'était fini en concours de mélanges de boissons plus corsées les unes que les autres.

Les mains appuyées sur le haut de sa portière, tentant de reprendre un semblant d'équilibre, elle dévisagea sa comparse.

— Tu ferais mieux de prendre un taxi ! conseilla Morgane.

— À cette heure-là ? Quel taxi voudra de quelqu'un sur le point de vomir sur sa banquette arrière ?

— Viens dormir à la maison ! lança Morgane.

— Je bosse demain. Je vais attendre cinq minutes dans la voiture et ça ira mieux ! Ne te tracasse pas, rentre chez toi !! File !

— Hors de question de te laisser prendre le volant dans cet état !

— Si je te dis que j'appelle un taxi, tu me fous la paix ! Tu deviens chiante avec l'âge, hein !!

Elle ria bruyamment avant de reprendre un semblant de posture décente.

— Pour une fois que je prends une cuite de ma vie, ce n'est pas la mort quand même ! J'appelle, tu vois ! Regarde ! Allez, va te coucher, miss ! Boulot aussi demain !

Elle sortit le portable dernier cri et composa le numéro d'une compagnie de taxi affiché sur une vitre d'arrêt de bus non loin de là. Le parking de l'immeuble se trouvait sur les bords de Loire. Elle respira l'air frais un moment, regardant son amie s'éloigner vers l'entrée de la résidence où elle logeait, emmitouflée dans une doudoune fuchsia que Laura trouvait immonde. Elle s'impatienta de la longueur du temps d'attente au téléphone et prit conscience que personne ne décrocherait. Elle mit le contact de sa voiture, tentant de se réchauffer et de dégivrer le pare-brise. Un peu de musique, la chaleur se diffusant dans tout l'habitacle et les derniers verres chargés suffirent à la faire s'endormir sur sa place de parking.

***

Vendredi 19 février,

Le froid réveilla Laura. La voiture ne tournait plus et après quelques tours de clé, elle comprit que la batterie avait lâché. Son portable indiquait cinq heures trente passées et elle réalisa que, sauf miracle, elle arriverait en retard au travail. La tête encore secouée de la veille, elle partit en courant vers la résidence de Morgane. La porte de l'appartement s'obstina à rester fermée et elle fit sonner en boucle le téléphone de son amie. Ayant bu autant qu'elle, elle mettrait probablement un moment avant de se réveiller. Laura repartit vers le parking, appuyant sur la touche bis de son téléphone, jusqu'à l'entendre sonner à proximité. Décontenancée, elle suivit le son de la sonnerie qu'elle connaissait jusqu'aux rambardes de sécurité séparant le parking du fleuve en contrebas. Elle balaya les alentours et crut apercevoir une silhouette assise sur les marches en pierre descendant près de l'eau. La doudoune fuchsia trancha violemment dans le brouillard, recouvrant sa propriétaire inanimée et défigurée par le sang.

***

Samedi 20 février, Cormes,

David se frottait nerveusement les lèvres du bout des doigts. La dernière séance avec Cassandre l'avait laissé frustré. Pas plus de réponse sur elle. Pas plus de réponse sur Geoffrey. Pas plus de réponse sur lui. Mais la certitude que son corps ne lui appartenait plus. Ni quand elle était là, ni quand elle était loin. Il n'avait pas tenté de la joindre, devinant qu'elle ne répondrait pas de toute façon.

— David, Baptiste au téléphone, interrompit Clarice.

Sans plus de cérémonie et avant même un bonjour, la froideur de l'officier traversa les ondes.

— Une autre fille a été retrouvée hier sur les bords de Loire à une vingtaine de kilomètres d'ici. Elle est de Cormes et elle ressemble aux autres. Même procédé, même profil.

— Pourquoi me dis-tu ça ?

— Morgane Tillier.

— La fille du médecin qui remplace mon grand-père…

— Je crois savoir qu'ils se connaissent bien.

— Très bien même, c'est pour ça qu'il a accepté de venir sur Cormes pour le remplacer alors qu'il travaillait dans la ville voisine. Ils se voyaient tout le temps et la gamine… la gamine, il la connaît forcément.

— On a prévenu le docteur Tillier cette nuit. Il voulait appeler ton grand-père pour le remplacer le temps… le temps de régler tout ça. Je lui ai dit que je te connaissais et que tu pourrais t'en occuper.

David salua Baptiste et composa le numéro de son grand-père dans la foulée, mais c'est la voix de sa mère qui répondit.

— J'ai fait un transfert d'appel, David. Ton grand-père a fait un malaise cette nuit, il est à la clinique. Je voulais te prévenir quand j'ai vu ton nom s'afficher.

— Comment va-t-il ?

— Tu devrais venir, mon ange.

La dernière fois qu'elle l'avait gratifié de ce genre de mots doux était le jour de la mort de Geoffrey. Cela ne présageait rien de bon et même s'il savait le vieil homme en phase terminale, il avait espéré plus de temps.

Arrivé devant la chambre immaculée, l'homme semblait dormir paisiblement, malgré les marques visibles de fatigue. David ne l'avait toujours vu qu'habillé élégamment et faisant finalement beaucoup moins que son âge, mais le retrouver, aujourd'hui, dans cette blouse d'hôpital, la respiration pénible et entouré d'appareils le ramena à la réalité. Il ne restait plus que la montre datant de l'obtention de son diplôme de médecine qui lui assurait l'identité de l'homme méconnaissable se trouvant devant lui. Si peu de temps était passé après la fête de sa retraite et pourtant une dizaine d'années supplémentaires semblaient avoir frappé le visage usé par la maladie.

— C'est la fin, sortit froidement le père de David, debout devant le lit.

Sa mère, attristée du constat, resta prostrée dans le fauteuil voisin. Le silence s'installa dans la pièce minuscule et David sut qu'il n'en bougerait plus. Chez les Declessis, la pudeur était de mise. La fierté, le grand mot. À la mort de Geoffrey, la conversation s'était étouffée sous une accumulation de non-dit. Pourquoi ? Comment ? Quelle importance… personne ne parlait de ces choses-là.

Des bruits de pas attirèrent l'attention du psychologue et il reconnut Baptiste accompagné de ses collègues.

— Je reviens.

Il envoya cette petite phrase en guise d'excuse en direction de ses parents, en sachant pertinemment qu'elle n'aurait pas de réponse.

— Baptiste ?

— David. Morgane Tillier vient d'être rapatriée ici. Ses parents sont au bout du couloir. Tu viens ?

Il fit signe que oui, jeta un dernier regard à la chambre de son grand-père, et se dirigea vers les époux Tillier en compagnie de son ami. Arrivé à leur hauteur et avant d'avoir dit quoi que ce soit, le père Tillier planta ses yeux dans les leurs, furieux.

— Comment vous expliquez ça ?! Avec les moyens que vous avez et les semaines qui sont passées depuis le premier meurtre… Comment expliquez-vous ça !? Comment se fait-il que ce fou furieux soit encore dehors à se promener tranquillement !!

— Je sais que la situation est... tenta David.

— La situation est quoi !? Vous n'en savez rien ! C'est une gosse qui est allongée dans cette putain de morgue ! Vous faites quoi ? Combien vous faut-il de cadavres pour vous bouger le cul ! Et vous, le psy, qu'allez-vous me sortir comme belles phrases joliment piochées dans vos bouquins de psycho qui vont me faire digérer le fait que ma fille de vingt-deux ans soit allongée ici, dans cet état !?

Il déversait sa colère sur les personnes présentes, après des heures d'état de choc, puis de sentiments violents retenus. David aperçut ses parents, au fond du couloir, assister à la scène et ressentit un malaise. Élisa Tillier prit son mari par le bras et le fit s'éloigner sans un mot, laissant Baptiste, déconfit, ne sachant plus combien de temps attendre pour leur poser les questions nécessaires. Le gendarme se reprit et rejoignit les Tillier. Le psychologue retrouva ses parents, silencieux, à l'entrée de la chambre.

— Je dois y aller, s'excusa-t-il.

— Tu ne pouvais pas prendre ta journée ? murmura sa mère.

— Je reviendrai tout à l'heure.

Il avait répondu plus sèchement qu'il ne l'aurait voulu, mais il ressentait le besoin de sortir, de prendre l'air. Il retourna au centre-ville et s'assit à la table dont la vue donnait sur l'établissement Richet. Quelque chose dans son esprit perturbé avait réussi à le convaincre qu'apercevoir Cassandre suffirait à l'apaiser. Elle était tout le temps calme, tout le temps en pleine maîtrise de ses moyens. Cette attitude qui l'énervait souvent l'apaisait désormais. Après une bonne demi-heure, elle sortit rejoindre le fameux chauffeur avec qui elle prétendait ne pas être intime. Leur complicité supposée piqua au vif le psychologue.

— Elle fait tourner pas mal de têtes en fait, s'amusa Dany.

Le barman, toujours aussi observateur de sa clientèle avait vraisemblablement noté l'intérêt de David pour le commerce voisin.

— Vous savez, elle est sortie un bon moment avec le fils Bourget, un petit banquier du coin et elle l'a rendu cinglé, continua-t-il, rieur. Il est venu chouiner une fois ou deux qu'elle l'avait largué sur son lit d'hôpital.

— Son lit d'hôpital ?

— Il s'est fait faucher par une voiture, un soir. Bien sûr, la bagnole ne s'est pas arrêtée et lui, il n'a rien vu venir donc... il se retrouve à la clinique et là, elle arrive et elle lui rend ses affaires !!! Trois jours après, il sort de l'hospice et vient lui piquer un scandale en pleine rue devant la boutique. C'était animé, je vous le dis. Elle ne lui a pas fait de cadeau !

David repartit en direction de l'hôpital plus perdu que jamais. La situation lui échappait. Toutes les situations semblaient même lui échapper. La maladie, la mort, l'amour. Rien ne semblait contrôlable.

« *Journal de Geoffrey,*

Les filles me trouvent bizarre… tant mieux. Qu'est-ce que je m'en fiche ! Quand je vois mes parents et ceux de Cassy, on est d'accord pour se dire qu'il vaut mieux passer une vie entière seul et libre qu'en couple, attaché à une chaîne comme des animaux domestiques ! Personne d'autre que nous n'aura de droit sur notre vie, personne. »

***

Lundi 22 février,

Rien ne parvenait à apaiser David. Trop de choses se bousculaient : sa famille qui tournait à la clinique, les meurtres qui ne cessaient plus d'animer les conversations, les réflexions de Virginie Bouchard et Cassandre, toujours Cassandre.

Le jour de sa séance, il ne tenait plus. Elle acheva de l'énerver en arrivant une nouvelle fois en retard.

— Problème de voiture, je suppose.

— Bonjour, David, répondit-elle calmement, s'amusant de son impatience.

— Ces séances sont pour vous. Pour vous aider. Le but n'est pas de me faire perdre mon temps ni le vôtre.

Refroidie par le ton autoritaire et désapprobateur, elle se figea, vexée.

— Je suis désolée de ne pas avoir des horaires adaptés rien que pour vous ou de limousine avec chauffeur pour me conduire en temps et en heure à ces séances si gracieusement imposées. Je vous signale, au cas où vous l'auriez oublié, que je n'ai rien demandé !

— Vous n'en avez pas marre de prendre les gens de haut continuellement ? On récolte ce que l'on sème Cassandre, attention. Ce qui s'est passé avec cette voiture mise en pièces, la fin de votre relation avec le banquier, tout ça est lié.

— Ça ne vous regarde pas. Ça ne vous regardait déjà pas avant ! Et ça ne vous regarde pas non plus parce que la dernière fois...

Elle stoppa, bloquée, ne sachant plus comment se justifier.

— Parce que la dernière fois quoi ?! voulut-il l'obliger à répondre. Vous n'êtes pas capable de le dire. Comment le seriez-vous ?! Vous refusez catégoriquement d'expliquer quoi que ce soit ! Si vous étiez douée pour la communication, vous n'auriez pas besoin de vous défoulez sur des voitures ! Alors, si, ça me regarde, si. On est ici justement pour en parler.

— On est là parce que j'ai démoli un tas de tôle. Mes relations avec les autres n'entrent pas en ligne de compte.

— Vous ne vous rendez pas compte du bordel que vous foutez autour de vous ou cela vous passe réellement au-dessus de la tête ? Les sentiments des gens ne sont pas un jeu !

— C'est mon ex le problème ou la mort de Geoffrey ?

Elle avait le regard calme, mais incisif. David, comme heurté par un coup de fouet, se redressa de sa chaise, la gorge sèche. Elle connaissait son lien avec

134

Geoffrey. Il avait écarté cette idée dès le début. Clairement naïvement. Son indifférence et le fait qu'ils ne se soient jamais rencontrés n'avaient jamais poussé à ce fait. Devant le silence du psychologue, Cassandre s'avança doucement près de sa proie, l'œil vengeur.

> — Vous pensiez vraiment que je ne savais pas qui vous étiez et ce que vous vouliez ? Vous pensiez vraiment que je me foutais de votre cousin au point de ne pas savoir où il avait déménagé ? Vos parents l'ont poussé à couper les ponts avec tout ce qui faisait son ancienne vie. Ils ne voulaient pas de gamins « perturbés » dans votre belle maison. Vous l'avez poussé à refouler tout ce qui le rendait malheureux. Vous cherchez un coupable ? Geoffrey a entendu vos parents dire que vu tous les problèmes qu'il avait, il aurait mieux fait de mourir avec ses parents dans l'accident !!! Et dix ans après, le dernier rejeton de la famille, aussi frustré et guindé que les autres, vient me donner des leçons de vie, des leçons de morale, de comportement avec les autres !?

Le calme avait laissé la place à la révolte. Acculée devant la colère de David, elle avait sorti l'arme ultime, destinée à lui clouer le bec de façon définitive, mais était, par la même occasion, sortie de sa zone de confort et avait fissuré le mur entre eux. David, droit comme un chêne, glissa ses mains dans ses poches, confiant, et soutint le regard accusateur.

— Geoffrey était émotionnellement fragile, c'est un fait. Il avait de gros problèmes avec ses parents que nous étions loin de soupçonner. Je ne pense pas que les miens aient pensé à mal en voulant lui construire une nouvelle vie. Ils n'ont été au courant de votre existence qu'après sa mort, comme moi. Vous deviez savoir qu'il avait un journal dans lequel il écrivait tout. Il y en a autant sur vous que sur lui. Et c'est peut-être vrai qu'en tant qu'adolescent, beaucoup de choses m'ont échappé à l'époque et que je le déplore. Je l'ai déploré au point de faire de l'écoute mon métier, Cassandre. Est-ce que cela fait de moi le responsable ? Je ne crois pas. Peut-être avez-vous trop « joué » avec lui et ses sentiments ? Peut-être avez-vous vous-même coupé les ponts avec lui… je pourrais prétendre, moi aussi, savoir comment vous vous comportiez et diriger ma vengeance vers la mauvaise personne.

— Je crois que la séance est terminée.

— Parce que vous n'aimez pas entendre la vérité ?

— Parce que je ne suis qu'un prétexte aux tensions que vous subissez en ce moment, David. Je sais pour votre grand-père, je sais pour les parents des victimes… Mais je ne suis pas responsable de tous les maux du monde.

— Je sais séparer mon travail de ma vie privée.

— Il me semble que la séparation n'avait rien d'aussi évident à notre dernière séance. Mais après tout, peut-être que je joue avec vous aussi, puisque c'est ce vous semblez croire que je fais. Et puis, c'est tellement pratique comme excuse. Pourquoi vous remettre vous et votre famille en question lorsque vous avez devant vous la coupable idéale.

Elle sourit d'un air peu convaincu et désolé pour lui. Elle tendit la main vers sa cravate, la remit dans l'alignement des boutons de sa chemise avec une tendresse qui le désarma puis baissa les yeux, attristée et se dirigea vers la sortie.

— Bonne continuation.

Cette phrase sonna comme un adieu. Il eut le pressentiment, à cet instant, qu'elle ne reviendrait pas. Elle avait brisé en quelques mots, le semblant de distance qu'il s'était imposé entre son travail avec elle et la mort de son cousin. S'il avait essayé jusqu'à maintenant de la différencier de la personne décrite dans le journal, il ne le pouvait plus désormais. Elle faisait définitivement partie de sa vie personnelle et un poids sembla s'enlever de ses épaules. Il réalisa qu'il avait cherché ce moment depuis le début, mais qu'il avait espéré qu'il se déroule de manière bien différente.

***

Mardi 23 février,

Après une nuit de sommeil, David rendit de nouveau visite à son grand-père. Il était persuadé, depuis quelques jours maintenant, de ne plus être reconnu par l'homme qu'il admirait depuis l'enfance. Il ne semblait pas souffrir et se contentait de regarder autour de lui, curieux, avec les yeux d'un enfant. Le grand-père se tourna finalement vers David, l'observa avec tendresse, puis lui sourit.

— Donne-moi ta main, tête de bois !

David ria doucement à l'évocation du surnom qu'il lui donnait étant enfant. L'avait-il fait machinalement ? La main abîmée par l'âge, les doigts recroquevillés et les veines saillantes déposèrent un objet froid dans celle de David avant de la refermer. L'ancien lança un clin d'œil puis mima un « chut » avec l'index posé sur sa bouche.

Quand David regarda l'intérieur de sa paume, il y découvrit la montre si précieusement gardée au cours de sa longue vie, qui n'avait quitté son poignet d'origine que depuis ces derniers jours. Une inscription dont il n'avait jamais eu connaissance se trouvait au dos du cadran. La gravure, aussi vieille que le bijou, semblait avoir traversé le temps.

« Pour que tu arrives à l'heure à tous nos rendez-vous... »

Un message de sa grand-mère, décédée quinze ans plus tôt, destinée à l'homme qui allait partager toute sa vie.

— On ne sait jamais, tête de bois... peut-être qu'un jour, tu apprendras enfin à lire l'heure. Alors tu pourrais en avoir besoin. Cassy est adorable, mais pas très patiente. Elles le sont rarement, tu sais.

Une boule se forma dans la gorge de David, conscient que son grand-père était, à ce moment précis, très lucide et profondément touché par le geste. Il n'était apparemment pas le seul de la famille ayant eu des problèmes de timing. Le vieil homme inspira calmement puis fit signe à son petit-fils qu'il était fatigué. Ce dernier culpabilisa de devoir repartir.

À la sortie de l'établissement, il croisa Baptiste.

— Un autre corps ce matin.

David piétina, les sourcils froncés.

— Une fille du coin ?

— Justine Rézard.

La fille disparue. David avait effectivement été trop optimiste et Faure et Bouchard avaient pioché dans le mille.

— Le gardien du stade promenait son saint-bernard derrière les grilles du terrain de foot et ce qu'il a trouvé là, il s'en souviendra sûrement toute sa vie. Les meurtres sont de plus en plus rapprochés. Il pète un câble. C'est de plus en plus violent. Le symbole est gravé de plus en plus profond…

— Des indices ? Quelque chose ? Des témoins ?

— Elle courait seule, en pleine nuit, le long des quais, entre les arbres… mais cette fois il a été moins prudent cependant : il y a des traces de freinage et de débris de voiture à quelques mètres de l'endroit où on a retrouvé le corps.

— Il l'aurait percuté en voiture avant de l'achever ?

— On part sur le profil de quelqu'un à la carrure peu impressionnante ou très jeune… Les premières filles étaient fragiles et peu sportives, mais celle-là a peut-être posé problème. Il a dû sentir que physiquement, il ne la maîtriserait pas sans un peu d'aide. Pour ce qui est de la marque et l'objet utilisé pour les égorger, il est maintenant certain que c'est une lame de rasoir tout ce qu'il y a de plus banale. Le doc a retrouvé un éclat dans la marque avec des traces de quelque chose dessus.

Il est en train d'analyser tout ça. Il a plus d'assurance, mais ça le rend moins prudent.

Un couple en pleurs sortit au même moment de la clinique. Les parents de Justine et son compagnon. Le doute envahit David pour la première fois. La réaction du père de Morgane Tillier l'avait refroidi, mais il se ressaisit, conscient que c'était le mauvais moment pour se remettre en question. Appuyé contre la cloison de l'entrée, il patienta un instant, se préparant à vendre à cette famille éplorée les « belles phrases toutes faites » qu'elle avait besoin d'entendre.

Il sortit de cet enfer vers vingt heures et décida de repartir à pied au centre-ville en longeant la Loire. Il essaya de se convaincre que le but était de se changer les idées, mais savait très bien qu'à cette heure-là, Cassandre courait le long des quais. Il marcha lentement, attendant le moment où il la verrait apparaître au bout de la route.

Elle apparut quelques instants plus tard et ralentit, comprenant qu'il l'attendait.

— Je suis désolé.

Il ne sut pas quoi dire d'autre à ce moment précis, mais elle semblait attendre plus.

— Je me suis montré peu professionnel. J'aurais dû vous parler de Geoffrey dès le début ou vous orienter vers un autre confrère, mais… je voulais savoir.

— Savoir quoi ? demanda-t-elle en s'adossant à l'arbre à côté de lui pour reprendre son souffle.

— Je n'en sais rien.

Il la fixa intensément, parut réfléchir.

— Il ne parlait que de vous dans son journal. Quand mes parents l'ont lu, ils ont pensé que… vous l'aviez peut-être quitté et avec les autres soucis qu'il avait, c'était la goutte de trop. J'avais dix-sept ans et je voulais comprendre. On s'entendait très bien, mais il ne se confiait jamais et beaucoup de choses m'ont effectivement échappé. C'est toujours plus facile de voir les petits problèmes chez les autres que ceux qui sont sous son propre toit.

— Votre cousin était homosexuel, lâcha-t-elle.

David fronça les sourcils, scotché.

— Il l'a compris très tôt et ses parents aussi malheureusement. Ils étaient apparemment très peu ouverts d'esprit, en particulier son père, votre oncle. Ils ont alterné les moments où ils essayaient de le culpabiliser de ne pas « vouloir être normal » avec les moments où ils l'ignoraient totalement. Les choses ont alors très mal tourné chez lui. Il se sentait de plus en plus mal dans sa peau. Après une grosse dispute, ils sont partis en vacances sans lui et n'en sont jamais revenus. Il se sentait responsable. Il était terrorisé à l'idée que votre famille le rejette pour les mêmes raisons et puis avec le déménagement, nous n'arrivions plus à nous voir.

Ils reprirent la marche, machinalement, pour se réchauffer. La vue était magnifique. Les lumières du pont bleu se reflétaient sur le fleuve et ils étaient les seuls à y assister. Le froid et la nuit rendaient la ville terriblement calme. David ne sut quoi répondre. Comment avait-il pu passer à côté de son cousin de cette façon ?

— Mes parents ne l'auraient pas rejeté, se défendit-il à voix basse. Ils n'auraient rien fait de tel et moi non plus.

— Dans son esprit, ce n'était pas aussi évident.

— Je ne pensais pas mon oncle ou ma tante aussi…

— Vous n'étiez qu'un gosse. Et puis, on ne sait jamais comment sont les gens une fois chez eux. Vous devriez le savoir, ça, maintenant. J'ai été injuste, s'excusa-t-elle. Je suppose que nous sommes tous pareils dans ces moments-là. Il nous faut un « pourquoi » et surtout un coupable.

Elle le laissa un moment digérer les dernières révélations.

— Comment va votre grand-père ? finit-elle par demander.

Il secoua la tête, dépité, et elle comprit.

— Vous n'étiez pas obligé de venir jusqu'ici pour vous excuser. Je n'avais pas l'intention de démolir votre voiture, si c'est ce qui vous faisait peur.

Elle sourit et ce sourire le réchauffa comme un rayon de soleil en pleine nuit. Elle passait du sérieux à la plaisanterie, de la plaisanterie au cynisme avec une rapidité qui le laissait sur place à chaque fois. Il vit en elle l'ancien vilain petit canard se jouant désormais d'affoler les sens avec un seul regard. Il sentit l'enfant non désiré s'amusant d'être aujourd'hui un objet de convoitise. Mais il la crut inconsciente de l'ampleur des dégâts qu'elle pouvait provoquer. Ceux qu'elle avait provoqués chez son ex-compagnon. Ceux qu'elle provoquait chez lui.

— Je n'ai jamais pensé que vous aviez l'intention de le faire, mais peut-être devrais-je me méfier. Au moins, je sais que vous saurez vous défendre. Une des victimes courait ici quand elle s'est fait tuer et aux mêmes heures… elle vous ressemblait et… je vous trouve bien sûr de vous dans cette histoire.

— Oui papa, dit-elle en souriant.

— Je suis sérieux. Toujours pas de voiture ?

— Non. J'avoue que la question ne m'affole pas tellement même si trois mois, ça commence à faire un peu long. Mon tas de tôle est entre de bonnes mains donc en attendant je profite en marchant un peu. Et puis je tiens mon ami en esclavage en attendant.

— Il n'a pas l'air de s'en plaindre.

— Raphaël !? C'est une crème. Je dois lui envoyer un mot après le footing pour qu'il me ramène chez moi.

— Dites-lui que ce ne sera pas nécessaire. On est à cent mètres du cabinet et de ma voiture, je vous ramène.

Il avait plus donné un ordre que posé une question et même si elle eut l'air surprise, elle accepta sans broncher. Ils passèrent chez Richet récupérer les affaires de la jeune femme, l'occasion pour lui de visiter les laboratoires pendant qu'elle s'affairait à l'étage dans le vestiaire. Il balaya les restes de farine avec le plat de sa chaussure. L'endroit était aussi blanc qu'un laboratoire d'analyse. Le four, bien qu'éteint, continuait de diffuser de la chaleur. Il joua avec un aimant sur la tôle voisine qui servait de rangement à un petit outil lamé. Tout avait sa place, au millimètre près et il se sentit moins seul dans sa maniaquerie.

Puis, enfin prêts, ils s'éloignèrent de la ville d'à peine cinq kilomètres. La conversation tourna principalement sur le fonctionnement de la boutique et elle fut surprise de le voir aussi intéressé.

— À droite, coupa-t-elle.

Il n'était venu qu'une fois et n'avait pas vraiment fait attention à la maison. Une sorte de chalet de près de quatre-vingt-cinq mètres carrés au milieu d'un terrain qui en faisait à peu près mille, le tout quelque peu caché par de grands arbres et entouré d'une clôture. Une vraie petite forteresse. Constatant qu'il ne coupait pas le contact et qu'il se frottait les mains, elle se tourna vers lui, en souriant.

— Un café pour vous réchauffer ? Considérez ça comme un remerciement pour le trajet et puis vous m'avez peut-être sauvé d'un dangereux psychopathe sans le savoir.

Elle prenait sur le ton de la plaisanterie quelque chose qui l'inquiétait, lui, réellement, mais là, tout de suite, il ne lui en voulait pas, bien trop heureux qu'elle ait de nouveau son air joueur. Le désir qu'il avait d'elle ne s'était en rien dissipé. La proximité qu'elle lui offrait en le faisant rentrer chez elle l'inquiétait. Il avait plus peur de ses propres réactions que de celles de Cassandre.

Mais, derrière cette porte d'entrée, il y avait aussi l'opportunité de la connaître vraiment. Une infime possibilité qu'elle se dévoile.

L'intérieur de la maison dégageait beaucoup de chaleur de par son style et sa décoration. Aucune photo de famille, aucune photo tout court en fait, mais ce détail ne le surprit pas vraiment. Le petit monde de Cassandre était fait de bois, de plantes et de croquis étalés à droite et à gauche. Une véranda donnait sur un bosquet à l'arrière de la maison. Le parquet, recouvert d'un grand tapis dans le salon, donnait sur une cuisine américaine où brûlaient quelques bougies parfumées senteur caramel. Il retrouvait le tempérament à la fois chaud et sauvage de quelqu'un qui pouvait se vanter d'être heureux avec les choses les plus simples que la vie pouvait offrir. Elle le regarda faire le tour de la pièce principale avec amusement. De nouveau comme un enfant visitant un parc d'attractions.

— Vous voyez toujours votre famille ? demanda-t-il, détaché.

— Mes parents sont originaires de Bretagne. Ils étaient venus ici pour le boulot de mon père à l'époque, mais sont repartis il y a presque dix ans.

— Vous êtes toujours en contact ? insista-t-il.

— Non. Plus depuis dix ans.

Elle l'avait dit d'un ton très calme, très serein. Cela paraissait naturel pour elle, moins pour lui. Elle se doutait que ce détail interpellerait le psy qu'il était.

— Ils ne voulaient pas d'enfants, mais dans leur ordre moral, l'avortement ne se faisait pas alors ils m'ont « enduré » sous leur toit pendant dix-huit ans. Maintenant chacun vit de son côté et tout le monde est heureux.

Aucune désolation ne transparaissait du regard de la jeune femme. Elle marqua un temps de pause, hésitante.

— Le nombre de personnes qui fait des enfants sans réfléchir… sur un coup de tête, comme un caprice, sans le faire exprès, parce que la société leur impose… quelles que soient les raisons. Quand ils apprennent que vous n'en voulez pas, ils vous regardent comme si vous n'étiez pas normal ou égoïste… Ils ne réalisent pas un seul instant que ce sont eux les plus égoïstes… Faire un enfant dans ce monde, sans penser à son avenir, pour répondre à un besoin personnel, oublier que la vie d'un autre est une responsabilité et non un jeu… sans même réfléchir au fait que les erreurs qu'ils feront auront des répercussions sur leur vie adulte, en pensant bêtement que chaque parole blessante et abaissante sera oubliée avec le temps. On parle souvent de gosses peu respectueux de leurs parents, mais rarement de ces parents qui ne mériteraient pas d'en être. L'amour ne vient pas forcément avec la parenté, les liens du sang. C'est bien dommage quand on sait que c'est pourtant l'élément indispensable.

Elle leva les yeux vers David, souriante, semblant reprendre le dessus sur une certaine amertume.

— Mais les problèmes des uns font le bonheur… des psys.

— Ils vous manquent ?

— Non, pas du tout, ria-t-elle. Vous savez, pendant à peu près les dix premières années de ma vie, j'ai cherché ce que j'avais bien pu faire de mal, j'ai culpabilisé, pleuré parfois et puis après j'ai compris. J'ai compris qu'ils ne seraient jamais aimants ou satisfaits et que je n'avais pas à m'excuser de respirer ma vie entière juste parce qu'ils se sont envoyés en l'air cinq minutes sans se protéger. Un adulte ne devrait pas avoir à se sentir obligé de rentrer dans un moule pour être accepté et un enfant encore bien moins. Quand une relation est nocive et destructrice, il faut y mettre fin.

Si elle parlait avec regret de ce manque d'amour parental, tout dans son attitude montrait qu'elle était effectivement passée à autre chose. Sur ce constat, il s'installa dans le fauteuil, toujours curieux de l'endroit tandis qu'elle lui apportait son café. Il balaya des yeux les cartons étalés non loin de là.

— Que cherchez-vous au juste ? demanda-t-elle. La batte de base-ball ?

— Ce n'est pas vous qui avez démoli cette voiture.

Elle arrêta de sourire, chercha dans le regard lagon quelque chose qui indiquerait qu'il prêchait le faux pour avoir le vrai.

— Vous avez dit que vous aviez démoli l'autre voiture parce qu'elle vous empêchait de sortir la vôtre du parking, mais vous ne l'aviez déjà plus depuis quelques jours à cette date-là. Vous avez dit tout à l'heure que « trois mois sans voiture, ça commençait à faire long ».

Elle continua à le sonder, silencieusement, ne sachant quoi répondre. Pour la première fois, il eut le sentiment de prendre clairement l'avantage. Cassandre Archeur restait sans voix. Il n'avait jamais cessé de traquer le moindre petit détail, la moindre petite faille dans son récit. Il avait tout de suite accroché sur une phrase qu'elle croyait sans danger.

— Que s'est-il passé ce jour-là, Cassandre ?

— Vous ne vous reposez jamais ?! trouva-t-elle comme issue de secours. Ça vous arrive d'avoir une conversation normale avec les gens ? Je veux dire un laps de temps pendant lequel vous ne cherchez pas à analyser pour pouvoir ranger les informations dans vos petites cases ?

— Je ne suis pas psychologue à cette heure-là, Cassandre. Je suis un être humain qui a trop peu l'occasion à mon sens de discuter avec des gens intéressants. J'aimerais juste vous connaître mieux, mais vous semblez constamment sur la défensive. Je suis sûr que, de par Geoffrey, vous connaissez finalement plus de choses sur moi que je n'en connais sur vous.

— Je sais que vous étiez un gentil garçon très obéissant, répondit-elle, moqueuse. Je sais aussi qu'il vous adorait, quoi que vous en pensiez. Je sais que vous deviez vous orienter vers la médecine.

La discussion fut engagée, enfin engagée. De la motivation de David à faire psycho à son installation, de sa fin d'études à sa maison à elle, le moindre détail de leur vie d'adulte passa au crible. La nuit défila à coup d'anecdotes et de banalités sur leurs métiers respectifs. Elle n'avait vraiment commencé à vivre que lorsqu'elle était partie définitivement de chez ses parents et n'avait absolument pas parlé d'eux, mais beaucoup des souvenirs de bêtises partagées avec Geoffrey. Il avait, lui, évoqué plus ou moins longuement sa propre enfance et sa relation avec Céline jusqu'à la rupture. David eut le sentiment que cette conversation ne serait jamais terminée, tant de choses étant encore survolées, mais il finit par se laisser distraire par leur proximité grandissante sur le canapé. Il aurait été incapable de se souvenir du moment où il avait gagné tant de terrain qu'il arrivait à frôler sa cuisse avec la sienne et incapable de contrôler ce que ce fait provoquait en lui. Il tendit légèrement la main vers les cheveux brillants de cuivre en attendant une réaction. Un refus ou non. Elle le laissa faire, presque tétanisée par ses propres sentiments et finit par déposer un baiser sur le pouce avec lequel il commença à caresser ses lèvres avant de les joindre aux siennes. Ce contact anodin ne mit pas longtemps à leur brûler la peau et ils se retrouvèrent collés l'un à l'autre, essoufflés par un baiser qui se voulut moins chaste que prévu. Elle s'éloigna subitement, lui saisit la main, désolée. Il avait l'impression que les deux hémisphères du cerveau de la jeune femme lui dictaient des choses totalement différentes. Elle se releva et prit ses distances.

— Vous devriez rentrer. Il est tard et je commence tôt demain. Merci de m'avoir raccompagnée.

Le changement fut si abrupt qu'il se retrouva planté là, incapable de faire autre chose que d'acquiescer, bien conscient qu'elle paniquait tout simplement. La proximité la terrorisait. L'idée de s'attacher et d'être esclave d'un sentiment la refroidissait totalement. David se sentait en position de supériorité. Il savait qu'il n'avait qu'à avancer et la prendre dans ses bras pour faire céder les défenses. Mais s'il la désirait furieusement, il souhaitait avant tout qu'elle vienne d'elle-même alors il battit en retraite. Elle se renferma dans le mutisme, donnant l'impression de refaire quinze pas en arrière après en avoir fait à peine deux ou trois en avant et il partit, à la fois certain de la vouloir plus que tout et aussi sûr du temps qu'il devrait passer à batailler pour l'obtenir.

Sur le chemin du retour, son téléphone se mit à sonner et il espéra entendre une voix lui demander de revenir, mais ce fut celle de sa mère.

— C'est au sujet de ton grand-père, trembla-t-elle.

Et sans qu'elle n'ait eu besoin d'en dire plus, il comprit.

4

Vendredi 26 février,

Il pleuvait. Pourquoi fallait-il qu'il pleuve à chaque enterrement où David se rendait ? Il effaça de son esprit la futilité de ses réflexions et recommença le bal des poignées de mains qu'il avait effectué à la soirée de retraite, mais cette fois dans de plus mauvaises circonstances. Il avait de nouveau cette impression d'étouffer et sortit de l'église. Sur un banc, à l'abord du cimetière, il reconnut Cassandre et alla directement s'asseoir à ses côtés.

— Il m'offrait du muguet tous les ans au premier mai, lui dit-elle comme pour s'excuser de sa présence.

— Je sais. Il m'en avait parlé à la soirée. C'est gentil d'être venue.

— Je suis vraiment navrée. C'était quelqu'un d'adorable. Je le pense vraiment. Ce n'est pas par politesse, le genre de petites phrases hypocrites qu'on peut entendre à certains enterrements.

Il fronça les sourcils en souriant.

— Vous savez quand tout le monde sait que la personne décédée était une saloperie de base, mais que bizarrement, ce jour-là, tout le monde vient renifler sur la tombe en racontant à quel point c'était quelqu'un de bien.

Il éclata de rire. Bon sang, elle avait vraiment le don de ne voir que les côtés négatifs des gens.

— Vous préféreriez entendre : « Mon dieu, qu'est-ce qu'il nous a pourri la vie ! Enfin libéré ! »

— Non, c'est vrai que cela ferait un peu désordre, s'amusa-t-elle, mais vous n'aurez pas ce problème aujourd'hui, je vous rassure.

— Il y a un buffet pour les gens qui ne veulent pas repartir tout de suite. Je veux que vous veniez.

Il avait une nouvelle fois donné un ordre sur un ton enfantin. Elle le sentait en demande et s'en voulait de se laisser attendrir.

— La petite vendeuse s'incrusterait dans le grand monde ? taquina-t-elle. Vous n'avez pas peur qu'ils pensent que je suis là pour le service de petits fours ?

— Vous n'avez pas votre tablier, cela devrait aller.

— C'est surtout que je me demande si, à un moment ou à un autre, vous allez me facturer les consultations extérieures.

La sensation d'étouffement avait disparu et David se sentait bien. Il glissa sa main dans celle de la jeune femme, souhaitant savoir où elle en était dans leur relation et si elle eut l'air intimidée de ce geste de tendresse, elle ne le repoussa pas, bien au contraire. Il sut qu'elle comprenait qu'il avait besoin de sa présence. Il était persuadé de son empathie. Sans un mot de plus, il l'invita à rentrer dans la salle où se tenait le buffet et s'amusa des regards interrogateurs de ses proches. Le moment n'était pas aux questions mal placées. La soirée se déroula presque normalement, courtoisement. Vint le moment où elle extirpa sa main de la sienne pour partir. Il eut l'impression qu'on lui prélevait un organe sans l'endormir. Elle se contenta d'un signe de tête poli en guise d'au revoir et tourna les talons.

Après le départ de toutes les personnes étrangères à la famille, David se retrouva, seul, au milieu de ses parents, de Sylvain et de Marius, resté aider.

— Cassandre Archeur.

Un long moment de silence avait subsisté jusque-là et, si le psy se doutait qu'il ne durerait pas longtemps, il ignorait encore de qui viendraient les premières hostilités. Il se retourna sur la voix de son frère.

— Que nous vaut l'honneur de sa présence ?

— Elle connaissait grand-père et elle s'entendait très bien avec. En quoi sa présence est-elle dérangeante ?

— Depuis quand tu la connais ?

— Depuis à peu près quinze ans, il me semble, non ?

David avait répondu, sèchement, désapprouvant le fait que la conversation virait en interrogatoire et galvanisa l'envie de son frère de continuer.

— Marius vient de me dire qu'elle venait au cabinet pour des séances de psy ?! Elle a démoli la voiture de quelqu'un à coups de batte. Depuis quand vois-tu tes patients en dehors des heures de consultation ?

— Depuis quand dois-je te rendre des comptes sur mon travail ?

— Mon frère fréquente une fille perturbée qui a poussé notre cousin à se foutre en l'air d'un pont. Je pense avoir le droit de trouver ça malsain.

— La seule chose malsaine, ici, c'est cette conversation, aujourd'hui. Le fait que certaines personnes ressentent le besoin de se confier à un psy n'en fait pas des cinglées et si tout le monde avait toujours intégré qu'il vaut parfois mieux le dialogue à l'orgueil, notre cousin, comme tu dis, n'en serait peut-être pas venu à sauter de ce foutu pont !

Marius, à proximité, observait gêné, la tournure des évènements, tandis que les parents Declessis semblèrent faire une attaque. Le père s'approcha, l'œil sévère.

— Je dois comprendre quelque chose de particulier ?

— « Il aurait mieux valu qu'il reste dans l'accident avec ses parents », non ?

Les points du patriarche se refermèrent sur les couverts dans sa main et une veine sembla ressortir de son front.

— C'est elle qui te fourre ce genre de choses dans le crâne ?! Ça lui permet de se déculpabiliser ?

— C'est Geoffrey qui me fourre ces choses dans le crâne comme tu dis ! Le fameux journal que vous vous êtes empressés de donner à la police pour justifier qu'il était malheureux et que vous n'y étiez pour rien, comme si vous saviez déjà ce qu'il contenait. Il allait mal et vous le saviez, mais, non, il ne fallait pas en parler, ça allait « passer ». Félicitations ! C'est passé ! Mais je ne dis pas que vous êtes responsables, ne t'en fais pas. Ton frère a bien œuvré pour rabaisser son fils ; le journal le fait aller de dépression en dépression sans que ça ne l'ait jamais travaillé plus que ça. Et puis, c'est tellement plus facile de coller ça sur une gamine extérieure à la famille, ça évite les remises en question. Le petit tas d'ordures devant la porte des autres est toujours plus intéressant que le gros tas qu'on a chez soi. Alors maintenant, on enterre mon grand-père, je vous prierais de faire comme vous avez toujours fait : tourner les yeux en restant muets !

David toisait son père du regard, faisant comprendre qu'il n'était plus l'enfant qui devait baisser la tête. Le temps était passé où il devait passer son temps à se justifier de ses choix et à ce moment, son père semblait le comprendre.

Le silence se réinstalla. Seul le bruit des couverts s'entrechoquant anima l'ambiance morose. Au moment de partir, David reconnut les pas lourds de son père, le rattrapant dans l'entrée.

— David, tu as cinq minutes pour discuter un peu ?

— Je suis fatigué.

— Juste cinq minutes. Je viens de perdre mon père, j'aimerais éviter de me fâcher avec mon fils.

— Je ne suis pas fâché.

— Tu es… attaché à cette fille ?

— Je n'ai pas envie de repartir sur cette conversation.

— Ce n'est pas une attaque. Depuis Céline, tu ne parles plus non plus. Je n'ai pas compris ce qui s'était passé entre vous. Je ne veux pas te juger.

— Vous l'avez fait. Avant même de me demander les raisons de la rupture. Si vraiment cela t'intéresse, maintenant, je me suis tout simplement rendu compte que je ne l'aimais pas. Cela doit te sembler bien futile, je pense.

— Non.

La réponse, directe, fit sourire David. Après toutes les comédies et réflexions qu'il avait essuyées, son père jouait à celui ayant toujours été compréhensif.

— David, on n'a jamais vraiment discuté, c'est vrai. Et peut-être que je m'en rends compte un peu tard, mais… j'aurais aimé que tu me parles de certaines choses plus tôt. De Geoffrey.

— Je ne le connaissais pas si bien que ça, finalement. Je suis passé à côté de lui comme tout le monde. Les reproches ne servent plus à rien, le mal est fait. Il faut avancer.

— Et Cassandre ?

Il n'abandonnait jamais.

— Bonne soirée, papa, offrit-il en guise de seule réponse.

Il rendit son sourire à son fils, conscient qu'il n'obtiendrait pas davantage, mais sans rancune.

Le chemin pour revenir à l'appartement de David n'était pas long et heureusement. La fatigue pesait de plus en plus sur ses épaules. Il traversa la dernière rue au pas de course, puisant dans ses dernières forces pour rejoindre son lit au plus vite et puis le choc. Il eut à peine le temps de sentir la collision avant le noir total. Les quelques secondes avant de perdre connaissance ne lui laissèrent pas l'occasion de comprendre ce qu'il se passait. Son corps vola au-dessus du véhicule et s'écrasa lourdement sur la chaussée.

***

Samedi 27 février,

Il se réveilla dans le même état qu'un lendemain de cuite, avec la sensation désagréable qu'un camion lui était passé dessus.

— David, tu m'entends ? Ça va aller, l'infirmière va arriver.

Sa mère, inquiète, se tenait à ses côtés dans la chambre d'hôpital.

— Qu'est-ce qu'il s'est passé ?

— Tu t'es fait renverser par un chauffard en rentrant chez toi hier soir. Tu ne te souviens de rien ?

— Pff... non.

— Ça ne va pas du tout m'aider ça, mon grand !

Il reconnut la voix de Baptiste, qu'il n'avait pas aperçu dans le coin de la pièce.

— Dis voir, ta mère ne t'a jamais appris à regarder des deux côtés de la route avant de traverser ?

— Bouffon.

— Vous voyez, madame Declessis, tant qu'il râle c'est qu'il va bien. Je te laisse, je suis venu pour voir le légiste pour les meurtres. Mais dès que tu sors, tu passes au poste.

Il fit signe de la main avant de quitter la chambre.

— Tu as quelques ecchymoses et un léger traumatisme crânien. Le médecin a discuté avec ton père et il faut juste que tu te tiennes tranquille un petit moment, que tu te reposes. Tout le monde est passé, tu sais, même Céline. Et puis Marius a failli se faire chasser par les infirmières qu'il harcelait !

Rien de vraiment surprenant dans les propos de sa mère. Elle marqua un temps de pause, eut l'air de réfléchir et afficha un grand sourire.

— Elle est jolie.

— Qui ?

— Cassandre.

— Elle est venue ?

— Elle est même arrivée la première. D'après l'infirmière, elle est restée presque trois heures et est partie quand elle nous a vus arriver avec ton père. Elle a peut-être eu peur de nous gêner.

Elle était venue. Elle s'inquiétait. Elle était restée des heures. Les phrases tournaient dans la tête du blessé, heureux de cette démonstration d'affection dont elle était pourtant peu friande.

***

Lundi 29 février,

Après une batterie d'examens, il rentra péniblement chez lui. Arrivé devant le passage piéton, face à sa porte d'entrée, un frisson le parcourut. Ses souvenirs revenaient en flashs cruellement imprécis. Cette voiture sortait de nulle part, les lumières du quartier étaient éteintes et à aucun moment il ne se souvenait avoir vu des phares. Il sentit une main attraper son bras et reconnut aussitôt le parfum de la propriétaire.

— Faut-il vous prendre la main comme aux enfants pour traverser la route ?

Il la fixa un instant, uniquement absorbé par le fait qu'elle lui tenait le bras. Consciente de cette proximité, elle tenta de dégager sa main, mais en vain. Il la prit dans la sienne.

— Un café ? Figurez-vous que j'habite de l'autre côté de la rue et je suis en repos obligatoire.

Il sentit les deux hémisphères du cerveau de la jeune femme récidiver dans leur bataille. Il resserra sa main plus fort dans la sienne et l'appuya contre sa chemise, espérant lui faire ressentir les battements qui déchiraient sa poitrine. Elle hésita, puis lui fit signe de traverser la route. Il lui ouvrit la porte, sans lâcher prise, ayant bien trop peur qu'elle lui échappe de nouveau. Malheureusement, une fois entré, il se retrouva face à Marius. Ce dernier, interloqué, constata en deux secondes que leurs deux mains étaient comme soudées.

— Bienvenue à mon collègue préféré !! Ta famille t'attend dans la salle de pause, je voulais te faire une surprise.

— Je vais y aller, murmura Cassandre à l'attention de David.

Il ne voulait pas qu'elle s'en aille, mais la savait mal à l'aise avec les Declessis et il y eut une vraie bataille intérieure pour qu'il consente à lui lâcher la main. Elle ressentit sa déception et lui sourit, moqueuse.

— Vous me devez encore quelques séances, alors à bientôt monsieur Declessis.

Elle salua poliment Marius et quitta le cabinet.

— Désolé, marmonna Marius. Au fait, Baptiste voulait te voir, plus ou moins en urgence. Ça fait un peu tard aujourd'hui, mais rappelle-le rapidement demain.

En fin de soirée, David pourtant fatigué regardait défiler les heures sur son réveil sans trouver le sommeil. Il n'arrivait pas à déterminer ce qui le perturbait autant. Tous les évènements de ces dernières semaines étaient pourtant suffisants pour chambouler n'importe qui. Il était presque vingt-trois heures et il suffoquait de nouveau. Il prit le volant et laissa sa voiture le guider. Il se retrouva alors à l'entrée de chez Elle. Il tourna en rond un moment devant la porte, se demandant si c'était une bonne idée, s'il n'avait pas agi impulsivement. Sans qu'il ne s'en rende compte, la pluie recommença à tomber et il fut, là, au milieu de nulle part, complètement trempé. Il la voulait. Il la voulait à en avoir mal au ventre. Elle allait le prendre pour un cinglé vu l'heure qu'il était, mais la porte s'ouvrit sans qu'il n'ait eu le temps de se signaler. Ni surprise, ni fâchée, elle se présenta, face à lui et il resta muet, incapable de prononcer un mot qui aurait pu coller à ce qui lui trottait à l'esprit. Ils échangèrent un regard plus éloquent que n'importe quelle phrase. Elle savait ce qu'il faisait là.

Il rentra lentement et prit le soin de verrouiller la porte dans son dos. Elle recula de quelques pas, se retrouvant dos au mur de l'entrée et il se blottit doucement contre elle, leurs fronts collés l'un à l'autre, les mains de l'homme agrippées à la maille fragile du gilet qu'elle portait. Il paniqua à l'idée qu'elle puisse de nouveau reculer, mais sa respiration se fit aussi difficile que la sienne et il sentit son cœur s'affoler. Il encercla le visage pâle de ses mains, l'embrassant le plus tendrement possible, mais, après quelques secondes de contact entre leurs lèvres, leurs corps se firent aussi pressant l'un que l'autre. Les images d'elle qu'il avait rêvées sous ses doigts semblèrent alors bien fades comparées à ce qu'il vivait désormais. Leurs gestes devinrent plus fiévreux, violents et passionnés. Il la souleva contre le mur, autour de ses hanches ; ses quelques ecchymoses furent vite oubliées, la douleur étouffée par la pression du sang. Il la porta jusqu'au canapé du salon, s'étala sur elle de tout son corps, serrant ses cheveux entre ses doigts. Ils se perdirent dans un enchaînement de baisers et de caresses. Leurs vêtements de déchirèrent sous leurs mains. Il se surprit affamé de chaque parcelle de sa peau, de son corps et de son parfum s'étalant de son cou jusqu'au creux de son ventre. Ses baisers le brûlaient et sa langue se promenant sur son corps le poussant à la limite avant de s'interrompre brutalement lui fit comprendre qu'il ne contrôlait plus rien. Faussement blessé dans sa fierté, il la plaqua contre leurs vêtements froissés, éparpillés sur le sol sans trop savoir à quel moment ils étaient arrivés là. Il lui maintint le visage à quelques millimètres du sien au moment où il prit enfin possession de son territoire. Elle s'accrocha aux courts cheveux bruns en l'embrassant, comme cherchant à étouffer ses propres gémissements et au fur et à mesure qu'il allait et venait, il la sentit totalement lâcher prise, le serrant plus fort contre elle, le poussant plus profondément en elle. Les fines jambes encerclant ses hanches, le souffle saccadé au creux de son oreille et les ongles lacérant son dos eurent raison de son envie de prolonger ce contact le plus longtemps possible. Il la sentit enfoncer ses dents au creux de son épaule au moment de le rejoindre et l'effet accentua la sensation violente de plaisir au creux de ses reins.

***

Mardi 1er mars, 7 h 45, chez Cassandre,

La lumière extérieure vint chatouiller le visage de David. Il était de ces gens réglés comme des horloges qui se réveillaient et se couchaient avec le soleil. Elle dormait toujours paisiblement à ses côtés et le tableau méritait bien des heures entières de contemplation. Il ne résista pas à l'envie de caresser ses lèvres du bout des doigts, heureux comme un enfant de cinq ans le matin de Noël avec le cadeau tant attendu sous ses yeux. Les images de la nuit défilèrent et il repensa à son regard plongé dans le sien au moment où il se perdit en elle. Le feu reprit dans ses reins et les caresses sur son visage se firent plus ou moins volontairement plus appuyées. Elle avait le sommeil léger et ouvrit les yeux à ce contact, le fixa quelques secondes puis vint se lover contre lui, nicha son nez dans son cou, y déposant un baiser. Il sentit un léger sourire.

— Et sinon, vous veniez me dire quoi ?

Il rit. Elle ne restait jamais bien longtemps fragile et avait cette capacité à reprendre le dessus à une vitesse impressionnante dans n'importe quelle situation. En guise de réponse, il colla la totalité de son corps contre le sien, son souffle de nouveau difficile achevant de faire passer le message.

La sonnerie du téléphone interrompit le moment magique. Il aurait pu l'envoyer balader à l'autre bout de la pièce, mais le nom de Baptiste s'afficha. Vu l'heure et l'insistance, il dut se résoudre à l'urgence de répondre. Il regarda, à regret, Cassandre se relever, serrant le jeté de canapé sur elle. Elle était tout en pudeur et il adorait. Quand elle aperçut ses yeux posés sur elle, le sourire aux lèvres, elle fit semblant d'être indignée avant de rigoler.

— Décrochez votre téléphone, monsieur Declessis !

Il s'appuya sur les cartons posés au sol et décrocha.

— C'est quelque chose pour t'avoir au téléphone, bordel !!

— Bonjour, Baptiste.

— Marius ne t'a pas passé le mot !?

— Hier soir et il était tard. Il y a une autre victime ?

— Je préfère que tu rappliques chez moi pour en discuter. À tout de suite. Tu entends ? À tout de suite, j'ai dit !

Il raccrocha sans formalité. Les fesses enfoncées dans un carton, David constatait qu'il n'avait pas encore demandé à Cassandre comment, après tant d'années d'installation, elle n'avait pas encore tout déballé.

— Tu pars ou tu n'es pas encore arrivée ? lui demanda-t-il.

— Je ne suis pas encore décidée. Des fois, je me dis que j'aimerais partir dans un endroit moins chargé de souvenirs.

Il se leva, l'entoura de ses bras et blottit sa bouche contre son cou, respirant son parfum mêlé au sien.

— Je vous emmène avec moi, Monsieur. On fait nos bagages, on plaque tout et on recommence ailleurs ou personne ne nous connaît dans une ville où tout le monde ne sait pas ce qu'il se passe chez tout le monde…

Elle disait ça avec humour, sans vraiment le penser, mais bizarrement, cette idée fit écho en lui.

— Chiche.

Elle frotta son visage contre le sien en glissant sa main dans ses cheveux et à ce moment précis, il se sentit heureux. Plus rien ne semblait exister en dehors de cette maison. Il la quitta à regret avant de recevoir un énième coup de fil de Baptiste.

Arrivé au cabinet pour se changer, il constata que le gendarme l'y attendait déjà.

— On n'était pas censé se rejoindre chez toi !?

— N'importe où ailleurs que chez Cassandre Archeur !

— Ce n'est pas vrai, vous vous êtes passés le mot ou quoi !?

— David, les éclats de voiture retrouvés lors de ton accident viennent de la même voiture que la sienne. On a fait des regroupements de fichiers pour retrouver tous les propriétaires du coin qui correspondraient au profil. Et il n'y a pas que ça. Les victimes étaient toutes clientes chez Richet depuis des années et pas seulement. Chez Morgane Tillier, en faisant l'inspection des affaires, on a retrouvé des photos de classe sur sa table. A priori, bien enivrées, les filles se sont amusées à faire le tri et ont mis le doigt sur le fait que toutes les victimes étaient passées par la même école. Ta copine y est passée aussi ! Elle correspond au profil physique. On s'orientait vers un enfant à cause de la maigre corpulence, mais ça pouvait aussi être une femme. Cette fille est tout le temps fourrée à l'endroit où ont été retrouvés les corps, elle connaît le coin par cœur.

— Des présomptions… Les éclats de voiture à côté du corps de la joggeuse…

— …ne correspondent pas. Ils sont bordeaux et sa voiture est noire. Mais elle a très bien pu se débrouiller autrement. Tout le reste colle. La marque sur les corps des victimes : c'est un C. Une signature. J'ai regardé le fichier de cette nana. Je sais qu'elle a été envoyée chez toi pour un excès de violence et j'ai discuté avec Marius…

— Bordel, mais ce n'est pas vrai !

— Il m'a dit pour son passé, que ça se passait a priori plutôt mal dans sa famille…

— S'il suffit d'avoir des problèmes familiaux pour être un psychopathe, on en est tous !!

— On a retrouvé le rapport d'autopsie de ton cousin.

David blanchit, furieux.

— Ça va loin là, Baptiste.

— J'ai discuté avec tes parents hier soir. Je n'arrivais pas à te trouver. Sur ce foutu rapport, il n'y a peut-être rien qui prouve que c'était un homicide, mais il y a ça !

Il balança une photo sur le bureau d'accueil. Un vieux cliché de l'époque avec des marques de coups sur le corps de l'adolescent. La respiration de David se coupa. La mâchoire serrée et l'œil noir, il fixa l'image.

— À l'époque, ils avaient CE rapport et ont conclu à un suicide. Ce n'est pas logique. C'est un garçon, les victimes sont des femmes...

— Un garçon qui l'a peut-être repoussée et des filles avec des petites vies parfaites et des familles aimantes. Tout ce qu'elle n'a pas eu. Regarde-moi dans les yeux et dis-moi qu'elle est émotionnellement stable ! Les bleus ne les ont pas choqués à l'époque parce que tout le monde savait le gosse fragile et bagarreur.

— Geoffrey ne l'a pas repoussée, il était homosexuel, ils étaient amis...

— D'après qui ? Sa version à elle ? Tu as trouvé quelque part quelque chose qui confirmait ses tendances sexuelles ? Tu as quoi en dehors de sa parole ? Que se passe-t-il avec cette fille ?

— …

— David, il faut que je sache où elle se trouvait au moment des meurtres !

— Elle n'a plus sa voiture.

— C'est faux. Elle n'est effectivement pas passée au contrôle technique et elle n'a plus le droit de circuler avec. Depuis quand c'est suffisant !?

— Qu'est-ce que vous allez faire ? s'inquiéta David.

— Les collègues doivent être chez elle à l'heure qu'il est pour l'emmener au poste. On doit l'interroger.

Un sentiment de colère envahit le psychologue.

— On avait que des soupçons et… quand ils se sont confirmés, j'ai mis quelqu'un en poste près de chez elle. Je sais que tu étais là-bas et je voulais que tu t'en ailles avant qu'ils n'arrivent.

David sortit rapidement, poursuivi par Baptiste.

— Tu ne peux rien faire, bordel !

— Tout le monde a le droit à un avocat et elle va en avoir un.

— Arrête-toi deux minutes et réfléchis avec ta tête !

— Ne te mets pas en travers de mon chemin.

Le ton menaçant coupa court à la discussion. Arrivé au poste, il patienta dans la pièce principale, tournant comme un lion en cage. Les numéros de la famille et de Marius défilèrent sur l'écran de son téléphone sans qu'à aucun moment, il n'ait eu envie de le décrocher. L'appareil ne lui avait servi que pour composer le numéro de Philippe Carré, un avocat et ami de la famille.

— Elle a une langue, ton amie ? demanda ce dernier en sortant de la pièce où les agents s'obstinaient à la garder enfermée.

— Pourquoi ?

— Elle n'a rien fait pour se défendre, elle n'a pas d'alibi pour les soirs des meurtres et à part l'air surpris quand on a parlé de sa voiture, rien n'a semblé l'affecter.

— Elle est renfermée.

— Renfermée !? Le manque d'émotion dans ce genre de situation est plutôt mal perçu par nos amis les gendarmes, David. On parle de meurtres en série.

— Il suffit qu'ils prennent la voiture et ils verront bien si elle a des traces de choc.

— C'est là le problème. La caisse n'est pas chez elle et elle refuse d'ouvrir la bouche pour dire où elle est !

— Je veux la voir.

— Tu tiens vraiment à être mêlé à ça !?

— J'y suis déjà, non ?

— Écoute, elle est encore là pour un moment et elle sait que c'est toi qui m'as envoyé. Tu ne peux rien faire d'autre pour le moment. Fais-toi aussi discret que tu peux parce que demain, avec les journaux, tout le monde saura qu'elle est ici et ils vont s'éclater si tu vois ce que je veux dire. Je ne pense pas qu'il soit nécessaire pour tout le monde de savoir que le psy qui s'occupe des familles des victimes couche avec la principale suspecte. Rentre chez toi. Ils n'ont aucune preuve directe. Tout repose sur des présomptions et je vais la faire sortir d'ici.

À contrecœur, et malmené par la fatigue et les restes de douleurs de l'accrochage, David rentra à son appartement où l'attendaient de pied ferme son collègue et sa famille.

— On a appris. Tu n'y es pour rien, se désola sa mère.

— « On a appris » ?! On a appris quoi ?! Vous êtes flics ? Vous avez des preuves qu'ils n'ont pas ?

— David, tu n'es plus assez objectif, lança Marius. Qu'est-ce qui te dit que ce n'est pas elle aussi pour ton accrochage ?

— Ça suffit. Rentrez tous chez vous !

— Tout le monde va savoir que c'est elle dès demain et ton nom va y être associé… Réfléchis…

— J'ai dit DEHORS !

Il balança un grand coup de pied dans la chaise de bureau à proximité et fit voler tout ce qui se trouvait autour. Refroidi par l'excès de violence, ils partirent, le regard lourd de pitié et d'incompréhension.

« Journal de Geoffrey,

Elle dit qu'elle aimerait les voir morts et moi, je crois qu'elle ne le pense pas. Elle est sous le coup de la colère. Je le sais. Je ressens la même chose. »

David passa une nuit blanche passant de périodes de doutes à celles de certitudes. Est-ce qu'ils avaient tous raison ? Avait-il perdu toute objectivité ? Tous les éléments fournis par Baptiste semblaient plausibles, tout l'accusait. Mais quelque chose au fin fond de lui hurlait à l'injustice. Il prit un moment pour regarder les actualités sur la page internet de la ville et là encore, ils avaient raison. Virginie Bouchard avait fait des siennes. Il ne comprendrait jamais comment des informations censées être aux seules mains des autorités pouvaient si rapidement s'en échapper pour se retrouver placardées sur les réseaux sociaux entre les filets de personnes peu scrupuleuses.

« Le tueur de Cormes est finalement… une tueuse. », « Les autorités sur la mauvaise piste dès le début », « L'odeur du sang chez Richet ».

Les crayons et la pile de dossiers alignés près de l'ordinateur volèrent à travers la pièce.

***

Mercredi 2 mars,

— T'as vu ça, gamin, c'était la boulangère ! Cette nénette, je la voyais quasiment tous les jours. Comme quoi, on ne connaît jamais vraiment les gens ! balança Faure en pointant la une de son journal.

— Elle est seulement interrogée, insista David.

— On sait tous ce que ça veut dire. Le bruit court qu'elle n'en serait pas à son coup d'essai.

David sortit sans chercher à davantage alimenter la conversation et claqua la porte. Le téléphone vibra dans sa poche et le prénom de Baptiste s'afficha.

— On commence par la bonne ou la mauvaise nouvelle ? demanda le gendarme.

— Tu crois que c'est le moment de jouer ?

— Elle est sortie.

— Vous avez retrouvé la voiture ?

— Elle est soi-disant partie à la casse il y a trois mois. Pas de papiers pour le prouver, bien évidemment. Ça, c'est en cours de vérifications. Mais c'est l'alibi qui fait qu'elle est dehors. Un ami à elle est venu la chercher. Les nuits des meurtres, ils étaient ensemble.

David accusa le coup, sceptique.

— Je ne sais pas ce qu'il y a entre toi et cette fille, mais, d'après l'ami en question, il y a encore plus entre eux et elle n'a pas dit le contraire. Elle s'est foutue de ta gueule. Alors, innocente ou pas des meurtres, évite sa compagnie. Tu ne serais pas le premier à t'y casser le nez. Pense à ton cousin et tiens-toi tranquille. Ce n'est pas un ordre David, c'est un conseil d'ami.

Deux heures passèrent avant qu'il ne décide de se lever de son canapé où il s'obstinait à ressasser ces dernières semaines. Arrivé à la porte de chez elle, il entra sans même frapper, retrouvant Cassandre perdue dans ses pensées, assise devant ses cartons. Il lança un regard sévère dans sa direction et elle comprit.

— Des accusations à formuler vous aussi, monsieur Declessis. Je suppose que c'était déjà peu glorieux de la part de quelqu'un de la haute société de se taper une petite vendeuse de chez Richet, mais c'est encore pire maintenant qu'elle est soupçonnée de meurtres en série, n'est-ce pas ? Ah… et surtout d'avoir essayé de vous buter avec ma voiture, j'ai failli oublier.

— Tu mélanges tout.

— Je vous simplifie la tâche. Merci pour l'avocat. Je veux la facture. Je n'ai jamais eu l'habitude de me faire entretenir par qui que ce soit et je n'ai pas l'intention de commencer aujourd'hui.

— Mon avocat, c'est une insulte. L'alibi du mec que tu te tapes, c'est une aubaine.

S'il n'avait pas vu venir le choc de la voiture, il fut tout aussi surpris par celui de la gifle.

— On est du même monde. Il ne se permettrait pas de me rabaisser. Vous connaissez le chemin de la sortie, il me semble.

— Pourquoi tu n'as jamais dit que tu connaissais ces filles de l'école !?

— De l'école !? Elles avaient toutes quelques années de moins que moi, elles étaient toutes deux classes en dessous minimum ! Tu crois franchement que je me souviens de tous ceux qui ont foulé le sol de la cour de récré que je fréquentais avant mes dix ans !?

— Tu te souvenais de Virginie Bouchard !

— Virginie Bouchard !? La belle affaire ! Tout le monde se souvient d'elle, c'était déjà une belle tête à claques à l'époque ! C'est sur ça que tu te bases ?! Fous le camp d'ici, OK !

Il hésita, fit deux pas vers sa voiture puis deux en arrière. Un mélange de colère et de déception se heurta à ce qu'il avait éprouvé une nuit plus tôt. Un sentiment furieux traversa son corps de part et d'autre et il se dirigea vers la maison, claquant la porte contre le mur. Elle serra les poings contre son meuble de cuisine sans se retourner, s'attendant à une avalanche d'insultes, mais sentit les mains assurées la saisir à la taille. Il sembla reprendre son souffle, le visage enfoui dans la longue chevelure et la plaqua contre la faïence froide du plan de travail. Il sentit la respiration difficile de la jeune femme et ses mains se greffer sur les siennes, les incitant à continuer les caresses, repousser les tissus qui les séparaient. Il fut évident que pour leurs corps ce contact était urgent, presque vital. Sans comprendre s'ils étaient guidés par l'amour ou par la rage, ils balayèrent à la fois les réprimandes sur leur relation et tous les ustensiles à proximité les empêchant se s'agripper au meuble, tentant d'avoir un minimum de stabilité dans cet échange brutal et passionné. Quand le dernier centimètre de fine dentelle se déchira, il pénétra profondément la chair brûlante compensant temporairement le sentiment d'impuissance à atteindre l'âme de sa propriétaire. Il glissa ses doigts dans la bouche obstinément fermée, désireux de l'entendre céder au plaisir qu'il estimait être le seul à pouvoir lui offrir. Les limites atteintes au moment où elle prononça son prénom entre deux gémissements, ils s'affalèrent sur le sol de la cuisine, essoufflés. Sous le choc de ce moment né d'une impulsion aussi soudaine que sauvage, ils restèrent un moment l'un contre l'autre, la peau moite et le rythme cardiaque encore trop rapide.

— Tu n'as rien fait. Je le sais.

Il affirmait et elle ferma les yeux en guise d'acquiescement. Elle glissa ses doigts dans les cheveux courts, sembla souffrir d'une lutte intérieure.

— Parle-moi…

Les yeux tristes le fixèrent, obstinés.

— Je suis fatiguée, murmura-t-elle.

Le teint encore plus pâle que d'habitude suffit à révéler que toutes ces histoires la contrariaient bien plus qu'elle ne voulait l'admettre. Il la porta jusqu'à son lit, au fond du couloir, ferma tous les volets du chalet et verrouilla les portes puis, vint se rallonger près d'elle après avoir éteint son portable. Rien ne troublerait cette nuit. Le monde extérieur n'aurait absolument aucune emprise.

« *Journal de Geoffrey,*

L'amour est comme l'eau. C'est un besoin vital. Quelque chose qui fait déjà partie de nous, mais qui a tout le temps besoin d'être alimenté. Ce n'est pas une fois déshydraté qu'il faut boire, mais bien avant. Quand la soif est trop présente, c'est que le manque a trop duré. Un enfant ne devrait pas avoir besoin d'en réclamer. On devrait lui donner naturellement. Pourquoi ce qui est si évident chez certains ne l'est pas chez d'autres. Je suis assoiffé. Continuellement assoiffé. Et d'un autre côté, je me dis que ce n'est pas plus mal d'être habitué à ne pas en avoir... ça évite de souffrir quand on le perd. Pourquoi s'infliger des déceptions supplémentaires ? »

***

Jeudi 3 mars,

On tambourina à la porte. Bien qu'insistant, David feint de ne rien entendre, persuadé d'avoir affaire à des journalistes. Il ne décrocha pour autant pas les yeux de la source du bruit. Il croyait Cassandre endormie, mais elle se redressa, sortit du lit, enfila un peignoir et se dirigea vers l'entrée.

— Je ne pense pas que ce soit une bonne idée, conseilla-t-il.

— Alors, quelle est l'idée ? Rester enfermés ici jusqu'à ce qu'ils sachent qui a fait ça ?

— Toi, tu le sais ?

Elle soupira. Il s'approcha d'elle, caressa son visage de ses doigts et chercha la réponse dans les yeux sévères.

— CASSY, C'EST RAPHAËL ! OUVRE LA PORTE ! hurla l'homme derrière la porte.

— Le fameux alibi… murmura David. Que se passe-t-il avec lui ?

— Il faut que je lui parle.

Elle s'écarta et repartit s'habiller, le laissant contrarié dans le salon, décidé à ne pas bouger. Raphaël passa la porte, paniqué et tomba nez à nez avec le psychologue dans le canapé, recouvert d'un simple drap. Son expression changea radicalement. Il détourna le regard et fixa le tas de cartons au sol. Un silence plombant s'installa dans la pièce tandis que Cassandre partit préparer un café. David prit l'initiative de quitter la pièce pour s'habiller, toisant Raphaël du regard au passage.

— Je dois retourner au bureau, lança-t-il en direction de Cassandre.

Elle l'avait compris furieux et ne fit rien pour l'apaiser. Sa voiture s'éloigna sans qu'il ne consente un regard. À l'intérieur de la maison, les langues se délièrent.

— Je m'inquiétais, tu sais ! Je n'avais plus de nouvelles depuis hier et les journaux s'en donnent à cœur joie alors…

— Alors quoi ? Depuis quand je dois me préoccuper des délires de Bouchard ? s'offusqua-t-elle.

— Ça jazze à la boulangerie. Richet envisage de te pousser vers la sortie. Il a peur pour l'image de la boutique.

— Quelle importance. Je ne veux pas que tu sois inquiet.

— C'est un peu tard, non ? Tu t'es déjà pris des mois de séances de psy à cause de moi et tu ne peux pas savoir comme je le regrette, là, maintenant.

— Avec ton casier, le coup de la voiture à la batte de base-ball serait mal passé, tu le sais.

— Il passe encore moins bien maintenant. C'est toi qui a pris et maintenant regarde où on en est !

— Tu te prends la tête pour rien et puis tu m'as sorti de cette garde à vue alors on est quitte.

— Non, non. Tout ça a pris une tournure de chiottes ! Tu es encore dans les cartons ! Tu en as marre d'être ici. Tu en as toujours marre d'être ici et j'aurais voulu que tu te sentes bien, tu vois. Mais si tu veux partir, c'est OK. On pourrait s'en aller. On est libres tu sais, on peut aller n'importe où, où tu veux, je m'en fous. Puisque tu veux partir, on part tous les deux. Loin de tous ces parasites. Plus de psys, plus de connards qui jugent sans savoir. Ils ne nous connaissent pas, tu sais comme nous on se connaît.

— Qu'est-ce que tu veux dire ?

— C'est la merde, ici, c'est tout. Rien ne nous retient. On pourrait recommencer à zéro ensemble.

— Ensemble ?!

— Ça devrait être fait depuis des années, c'est évident nous deux.

Il posa sa tasse et se rapprocha d'elle pour la prendre dans ses bras, mais elle eut un geste de recul, puis un regard de pitié qui le piqua violemment.

— Raphaël, tu es un ami, rien d'autre. Un très bon ami depuis des années…

— Un ami !? C'est à cause du psy ? Tu as couché avec lui.

— Ça ne te regarde pas, il me semble.

L'homme se mit à tourner en rond, se tirant sur les cheveux.

— J'aurais pas dû le louper ! échappa-t-il entre deux grognements de rage.

— Le louper ?!

Elle eut peur de trop bien comprendre la signification de cette phrase, mais essayait de se convaincre du contraire.

— Je perds la tête, tu sais. Quand je te vois pas, je perds la tête. Des psys… j'en ai vu des paquets ! Ils se foutent de nous. Ils font leur petit job pourri, font semblant de t'écouter et à la fin de la séance, tu n'existes plus pour eux. Tu n'es plus qu'un vulgaire numéro de dossier parmi tant d'autres. Ils pensent savoir mieux que toi ce que tu ressens, ce que tu es, ce que tu as vécu… oui, ils l'ont lu dans leurs petits bouquins de fac minable ! Mais regarde Geoffrey, les années de séances ne l'ont pas rendu moins con, moins mou… ils pensaient que vous partiriez tous les deux…

Il ria nerveusement.

— Ce looser !! Sans déconner ! Mais toi, il n'était pas question que tu t'en ailles. Personne ne devait s'en aller encore une fois. Non, plus personne ne devait s'en aller. Il fallait l'arrêter dans ses délires tu comprends !?

— C'était toi…

— On est ensemble depuis plus de dix ans. Tu ne le vois pas ?

— Je voulais juste t'aider, Raphaël…

— Mais tu m'as aidé. Tu ne me crois pas assez bien pour toi ? Mais regarde les autres… Il me semble que je les ai mis hors course, non ? Et toi, tu m'as libéré… Quand tu m'as dit de retrouver ma mère après toutes ces années. Je croyais que je ne méritais pas d'être aimé, qu'elle était partie du jour au lendemain en me laissant derrière elle, mais… j'ai retrouvé cette garce, bien au chaud dans une petite résidence bourgeoise, au milieu de la jolie petite famille toute neuve, et j'ai compris... Peu de femmes valent vraiment la peine de tout risquer pour elles. Beaucoup de raclures, beaucoup d'allumeuses sans âme, sans histoire... mais toi, je pensais que tu valais mieux que ça. Et toi... tu te tapes le psy !

Les yeux brillants de rage, il serra les poings, cherchant à se contenir.

— Qu'est-ce qui te plaît chez lui ? Le prestige du costard ? Le pognon ?

— Tu dérailles totalement Raphaël.

— C'est moi qui déraille ?! Mais je n'oublie pas d'où je viens moi. Tu crois que tu es quoi pour ce chien ? Un jouet, c'est tout et toi... Toi, tu veux bien !

Elle n'eut pas le temps de voir le coup partir et fut projetée contre le buffet voisin. Du sang giclait de la plaie formée sur son arcade sourcilière. Sonnée par le coup, elle tenta péniblement de se relever et il lui agrippa les cheveux. Elle était faible et il dominait. Il la colla à lui et l'excitation eut raison de sa colère. Puis une douleur atroce à l'estomac le stoppa. Dans un dernier élan de courage, elle avait rassemblé les forces qui lui restaient pour frapper aussi fort qu'elle le pouvait. Elle se précipita vers l'arrière de la maison pour rejoindre les bois. Elle connaissait le coin par cœur, mais elle était encore assommée et ne tiendrait pas longtemps.

Au milieu des arbres, des bruits de feuilles et des craquements de branches, ses pas précipités résonnaient et laissaient trop d'indices à son poursuivant. Ce n'était plus qu'une question de minutes.

Un froissement de vêtement le fit arrêter sa course et il se retrouva face à une branche lancée violemment. La douleur au milieu de son visage ne fut rien comparée à la poussée d'adrénaline qu'elle provoqua.

— Tu es malade, complètement malade ! hurla-t-elle.

— Je t'aime, mon ange.

Il attrapa ses jambes, la faisant basculer en arrière. Elle se vautra de tout son long contre le sol et il put la surplomber.

— Essaye encore de me frapper pour voir !

5

Cormes,

David partit en direction de son cabinet, plus irrité que jamais. S'il avait été conciliant pendant des années, il ne savait plus du tout quoi penser et où aller à ce moment précis. Il réalisa en passant la porte de chez lui qu'il n'avait toujours pas rallumé son portable depuis la veille.

— Tu penses vraiment que c'était le moment de t'en passer ?!

Baptiste, furieux, piétinait dans la salle d'attente.

— Comment es-tu rentré ?

— Marius m'a donné le double.

— Pourquoi ? Une nouvelle leçon de morale nécessitait de rentrer ici sans la présence de personne d'autre ?

— Raphaël Gousset.

— Le collègue de Cassandre ?

— Une détective privée de Nevers est venue signaler quelqu'un du coin parce qu'elle le soupçonnait d'avoir cambriolé son bureau. Gousset était à la recherche de sa mère. Le père est mort en prison il y a quelques années parce qu'il tabassait femme et enfant. Évelyne Gousset s'est apparemment enfuie en laissant son gosse derrière elle. Il avait à peine une dizaine d'années. Son père lui avait fait croire qu'elle était morte. Impossible de remettre la main dessus quand le mari est mort ; le gosse s'est baladé de foyer en foyer, tout en se remplissant un petit palmarès de conneries puis il a été suivi par un psy de Nevers et le calme plat jusqu'à ce qu'il se fasse embaucher chez Richet en apprentissage. Il y a quelque temps, il a voulu retrouver la fameuse tombe sur laquelle son père lui avait interdit d'aller et il a découvert le pot aux roses. Il a embauché une détective en pensant retrouver une femme encore apeurée qui pensait toujours à son garçon, tu vois.

— Ce n'était pas le cas ?

— La petite dame a changé d'identité et s'est reconstruit une nouvelle vie dans une petite banlieue chic avec un nouveau mari et deux beaux enfants. La pilule est très mal passée pour le petit Raphaël. De plus, la détective, voyant qu'il était instable, a refusé de donner l'adresse donc…

— Cela date de quand ?

Baptiste tendit le rapport à son ami.

— Quoi ? demanda-t-il en voyant David se vanter d'avoir compris quelque chose.

— Ce n'est pas Cassandre qui a démoli la voiture. C'est lui. L'incident s'est produit dans la foulée du cambriolage chez la privée. Elle a voulu le protéger.

— Elle a fait plus que ça, David. Souviens-toi du témoignage de la boîte de nuit du premier meurtre qui est revenu. Le gosse qui a mis du temps à faire le lien entre les actualités et ce qu'il avait vu. Ce soir-là, il a voulu draguer Émilie, la victime, mais il s'est résigné en la voyant sortir avec une femme... et Raphaël les attendait à la sortie.

— Non. Il les a formellement reconnus ?

— Bien sûr, il faisait sombre et l'identification est... David, ils étaient deux et tout colle. Des collègues sont partis chez lui le chercher. Il était absent, mais ils ont retrouvé la voiture de Cassandre avec le pare-chocs défoncé et... cela correspond à ceux retrouvés pour ton accident.

David s'appuya sur le bureau de Clarice à proximité, les yeux vers le sol, tentant de rassembler ses esprits.

— Il n'est pas chez lui. Il est chez Cassandre. Il y était encore il y a un quart d'heure quand j'en suis parti.

Baptiste saisit les clés de sa voiture et son téléphone pour prévenir ses collègues. Il vit David le suivre au pas de course et rejoindre son propre véhicule.

— Ah, non, je ne crois pas !

— Et moi je pense que tu n'as pas le choix.

Les sirènes du cortège de gendarmerie raisonnaient dans la tête du psychologue, toujours sous le coup des dernières révélations. Si la culpabilité de Raphaël lui semblait évidente, un barrage se formait à celle de Cassandre.

Arrivés à destination, ils encerclèrent le chalet aux volets toujours fermés. Seuls ceux donnant sur la véranda arrière avaient été ouverts. Les premiers agents s'engouffrèrent à l'intérieur.

— Dans ta voiture ! ordonna Baptiste à David.

Il lui hurla l'ordre de l'entrée, mais en vain. Le temps semblait à rallonge et David, impatient, s'approcha de Baptiste, au visage déconfit.

Les vitres du buffet s'étalaient en milliers de morceaux de verre sur le sol et une traînée de sang laissait peu de doute sur la bagarre ayant eu lieu plus tôt.

— Il y a des traces de sang plus loin dans le bosquet. Et plus aucune voiture. Les traces partent par le chemin arrière.

— Bon sang, où sont-ils ?

David rassembla ses esprits.

— Rappelez la détective, il faut l'adresse de la mère de Raphaël. Il a cambriolé le bureau pour l'avoir et ce n'était pas seulement pour s'en servir de décoration alors…

— Il y a beaucoup de sang… annonça un des gendarmes revenant du bosquet.

— Et alors ? s'énerva David.

— Et alors, premièrement, on ne sait pas lequel des deux est blessé et deuxièmement, il faut envisager la possibilité qu'elle…

— …soit en train de flotter dans la Loire ? finit David. Trouvez cette foutue adresse !

— On y va, mais toi, tu rentres chez toi. Les collègues vont s'assurer que tu n'en bouges pas ! Aucun civil dans nos jambes !

Son frère et Marius l'attendaient devant le pas de sa porte, Baptiste les ayant prévenus.

— Il ne bouge pas d'ici ! ordonna-t-il aux deux nourrices improvisées.

— Il ne bougera pas, ne t'inquiète pas, assura Sylvain.

David regarda la voiture de gendarmerie partir sans avoir le temps de dire quoi que ce soit.

— Calme-toi, David, ils savent ce qu'ils font et ils vont les retrouver.

— Dans quel état ?

— Leur sort ne devrait pas t'inquiéter ! Tu as vu l'état des filles retrouvées !

— Rien ne prouve qu'elle soit responsable de ça !

— Tu n'es plus du tout objectif et tu te voiles la face. Mais tu ne pouvais pas prévoir ce qui allait se passer. Tu n'as pas à te sentir responsable, n'importe qui aurait pu se faire avoir.

— Casse-toi.

La violence du regard de son frère surpris Sylvain et Marius lui fit signe de le laisser respirer. Ils s'installèrent dans la salle d'attente du cabinet après avoir vu leur ami passer la porte conduisant à son appartement. Comment rester calme ? Il tourna en rond des secondes, des minutes, des heures… puis son téléphone vibra. Numéro inconnu.

— Bonsoir, Docteur. Comment se porte-t-on au pays des psys ?

Il n'avait entendu cette voix qu'une seule fois, mais il la replaça aussitôt. Raphaël.

— J'ai un gros problème, voyez-vous, et j'ai un besoin urgent d'en parler.

Le ton était moqueur, la personne déséquilibrée.

— Où est Cassandre ? demanda David d'une voix autoritaire.

Il y eut quelques secondes de silence avant que Raphaël ne prenne la peine de répondre.

— Tu la veux ? Alors, viens la chercher ! Seul.

— Où ?

— Vingt-sept, chemin de la Chasserelle à Donny. Mais attention, pas de flics. Les conséquences seraient fâcheuses.

Donny était une petite ville de cinq-cents habitants à une heure et demie de route d'ici. A priori rien à voir avec l'adresse de la mère du tueur et le lien, pour l'instant, persistait à lui échapper. Il descendit les escaliers de secours derrière le cabinet, donnant sur la cour avec la fontaine. Des souvenirs pas si lointains de la discussion qu'il avait eue, ici avec Cassandre, lui revinrent.

« C'est un garçon qui n'a pas eu la vie très facile et... quand vous avez déjà subi la perte d'un ami par négligence, vous ne voulez pas refaire la même erreur. »

« La phrase gravée sur cette fontaine veut dire qu'il serait idiot de se séparer de ses démons parce qu'ils font ce que nous sommes et nous permettent de connaître nos limites, mais que se passe-t-il quand vous avez autour de vous des gens qui n'arrivent pas à concilier les parties les plus sombres avec les parties les plus éclairées de leur personnalité ? Quelle solution reste-t-il, monsieur Declessis ? Les regarder se noyer ? »

Elle culpabilisait pour Geoffrey, se sentait responsable, à tort. Et de cette culpabilité était né le besoin d'aider Raphaël. Mais jusqu'où était-elle allée ? À quel point ses propres démons à elle avaient participé à ce qu'il s'était passé ? Elle semblait apaisée sur son passé. N'était-ce qu'une façade ?

Arrivé à presque minuit dans le village, il prit le temps de réfléchir avec sang-froid. La maison indiquée était reculée des autres et dans un état déplorable, visiblement abandonnée depuis pas mal de temps. Après avoir balayé des yeux les alentours, il s'approcha doucement de la propriété, regardant le nom presque effacé de la boîte aux lettres : Didier Gousset. La maison de son père. En relevant le nez, il aperçut Raphaël, sur le palier. Il lui fit signe de rentrer avec un sourire presque cordial sur le visage. David était persuadé qu'il n'aurait pas les mains vides et même conscient du danger, il afficha une assurance qui, pensait-il, finirait pas déstabiliser son hôte.

— Si Monsieur veut bien se donner la peine…

— Où est Cassandre ?

— Monsieur est impatient. Pourquoi ne parlerait-on pas un peu avant ?

— Raphaël… dites-moi d'abord où elle est et je vous accorde la séance de psy la plus longue que vous n'ayez jamais eue.

— Il se fout de ma gueule le petit prétentieux.

Il partit dans un fou rire, mélangé de larmes et d'impatience. Il avait totalement perdu pied. Il saisit la poignée de la porte de la cuisine et laissa découvrir un corps inerte, ligoté à une chaise. Une longue chevelure brun-cuivré cachait le visage baissé sur un corps en sang. Beaucoup trop de sang.

Celui de David se glaça dans ses veines et la colère envahit son cerveau le laissant incapable de quelconque réflexion. Il se jeta sur Raphaël, l'assenant de coups. Il le crut assommé, étalé sur un vieux meuble qui ne demandait qu'à céder. Il se précipita alors vers la chaise et son cœur s'arrêta de nouveau. Ce n'était pas Cassandre. Le visage, une fois le sang essuyé, était celui d'une femme d'une cinquantaine d'années. Bien conservé physiquement, elle ressemblait aux autres victimes, à tout point de vue, sauf pour l'âge. Elle gémit avant d'ouvrir péniblement les yeux, les larmes les dégageant de l'hémoglobine qui les voilaient. Un bruit rappelant l'armement d'un fusil se fit entendre.

— Tu croyais vraiment que je n'avais rien d'autre qu'une lame de rasoir pour me défendre ici ?! Papa adorait la chasse et les beuveries qui allaient avec bien entendu. Ma chère mère peut en témoigner ! Pas vrai ?

La femme le regardait, implorante, ignorant le fusil braqué sur eux.

— J'ai mis du temps à te retrouver, maman, mais tu vois, ça valait la peine ! Je m'attendais, je crois, à une mère éplorée d'avoir dû abandonner son enfant… une mère qui regrettait ce geste… et quoi ? Madame était dans une belle maison, avec un beau mari plein de pognon et deux beaux enfants. Quelle magnifique petite famille ! J'aurais sûrement fait tache au milieu de tout ce grand bonheur. Dites-moi, David, vous êtes psy, que pensez-vous d'une mère qui abandonne son gosse aux mains d'un soi-disant monstre en se foutant totalement des conséquences que ça aura ?

— TU ES COMME TON PÈRE ! le coupa la femme dans un élan de haine. TU ES UN MONSTRE !

— J'ai une excuse ! Je suis comme on m'a fait ! Une pourriture avec un salaud ça ne pouvait pas donner des miracles, pas vrai !?

Il semblait attendre une réponse de David. Une réponse lui permettant de se décharger de tous les actes de cruauté commis.

— Raphaël… On ne naît pas en monstre. On le devient après des années de mauvais traitements, d'évènements sordides, un ensemble de facteurs dont vous n'êtes pas responsable au départ. Mais vous pouvez choisir. Vous pouvez faire le choix de passer outre et de faire ce que vous voulez de votre vie. Arrêter ce massacre inutile qui ne vous apporte absolument rien. Raphaël, Cassandre a voulu vous aider, elle a cru que vous pourriez vous relever. Est-ce que c'est pour ça qu'elle vous accompagnait avec les filles à chaque fois ?

— …m'accompagnait ?!

Il fronça les sourcils, étonné de la question.

— Cassandre m'accompagnait où ?

— C'est elle qui trouvait les filles ?

— Cassandre ?!

Il partit dans un fou rire, les mains tremblantes sous les spasmes.

— Ahhhh, Cassandre… Son parfum, c'est quelque chose, pas vrai ? Une peau de bébé. J'aurai pris mon pied au moins une fois.

Quelque chose brûla les veines de David, s'insinuant de nouveau jusqu'à sa tête. Sa respiration devint difficile devant le sourire sinistre.

— Raphaël… où est-elle ?

— Je crois qu'elle a crié un prénom plusieurs fois. Il me semble que c'était le vôtre. C'est assez ironique finalement de se dire que c'est moi qui vous ai fait. Seriez-vous psy si « cousin Geoffrey » ne s'était pas lamentablement vautré du haut de ce pont ?

Geoffrey, Cassandre, les prénoms enflammaient le psy.

— Où est-elle ? exigea-t-il encore une fois.

— À un endroit où l'air doit commencer à se faire rare, monsieur Declessis. Je voulais lui montrer cette garce-là, à côté de vous. Je voulais qu'elle me comprenne. Avec du temps peut-être… mais il a fallu que vous fourriez votre nez entre nous, comme son ex, comme Geoffrey. Le pauvre petit Geoffrey n'était pas aimé par papa et maman alors il fallait que tout le monde s'occupe de lui, y compris Cassandre.

— Comme elle s'est occupée de vous…

— Parce qu'elle m'aime malgré tout.

— Par pitié ! Elle n'a pas pu aider Geoffrey. Elle a voulu vous aider, vous.

— De la pitié !? De la pitié ! Je ne pense pas avoir vu de la pitié quand je l'ai collée contre le sol, monsieur Declessis !

Une explosion se produit dans la tête de David. Se fichant du fusil, il se précipita sur Raphaël. Il s'était souvent demandé ce dont il serait capable sous le coup de la rage. Serait-il prostré, peureux, fou ? L'arme retomba sur le sol et ses poings ne finirent plus de percuter le visage ennemi. Rien n'aurait semblé calmer cette violence, ni le sang, ni les gémissements. Rien sauf les larmes soudaines du monstre sous ses mains. Il s'écarta de Raphaël tandis que celui-ci se recroquevilla, tel un enfant, dans l'angle de la pièce, les os brisés, la chair meurtrie. David se retrouva, en état de choc, devant un marmot de nouveau victime de la violence d'un autre homme. Une sensation de nausée l'envahit en voyant son visage déformé par la colère dans le miroir brisé du couloir.

— Vous croyez qu'elle me pardonnera ? demanda Raphaël entre deux sanglots. Je ne lui ai pas fait trop de mal, peut-être qu'elle me pardonnera.

— Où est-elle, bon sang ? Et qui vous accompagnait ? Je sais qu'il y avait une femme…

— L'arrivisme est partout... vous croyez que les gens s'intéressent réellement à vos problèmes et vous découvrez que certains le font seulement pour se donner bonne conscience et d'autres pour être mis à la lumière, sur le devant de la scène ! Ils vous manipulent par ambition et...

Une détonation retentit, affaiblissant les tympans de David. Le son de la pièce résonna quelques secondes à l'intérieur de la pièce comme s'il se trouvait la tête sous l'eau. La mère de Raphaël se tenait debout, derrière lui, le fusil à la main, les yeux plantés dans ceux de son enfant dont le sang coulait de l'impact sur sa poitrine.

— Qu'est-ce que vous avez fait !? Ce n'était pas nécessaire, il était désarmé !

— Ce que j'aurais dû faire avec son père ! Nous n'en serions pas là aujourd'hui !! Toutes ces filles... mon dieu... toutes ces pauvres filles...

Elle se figea, choquée. En à peine quelques minutes, les ambulances, les gendarmes, Baptiste à leur tête envahirent la maison. David sentit Baptiste l'attraper par le bras pendant que ses collègues désarmaient la femme immobile. Des infirmiers se précipitèrent vers Raphaël agonisant.

— Qu'est-ce qu'il t'a pris de venir là tout seul ?!

— Cassandre...

— Où est-elle ?

— Il l'a enfermée quelque part...

— Où ?

— Je n'en sais rien, bordel !

— Il est inconscient ce fumier, bon sang ! Faites le tour de la baraque ! Fouillez toutes les pièces, le jardin, la voiture ! ordonna-t-il à son groupe. Et elle... qui est-ce ?

— La mère de Raphaël. C'est elle qui a tiré, je t'expliquerai plus tard. Il faut... il faut retrouver Cassandre.

Tandis qu'une bonne partie des agents retournait la maison, le vieux parquet usé grinçant sous leurs pas lourds et précipités, une voix se fit entendre du garage au fond de la cour.

— PAR ICI ! cria un des gendarmes. AMENEZ DES SECOURS !

La torche braquée sur l'intérieur d'un coffre de voiture, l'homme prit le pouls de Cassandre, inconsciente et recouverte de sang et d'ecchymoses.

— C'est sa voiture à elle, constata Baptiste. Et elle a le pare-chocs abîmé.

David, paniqué, ne put s'approcher de la jeune femme, entourée par les secours.

— Ce n'était pas elle, affirme-t-il à Baptiste.

— Écoute, David… ils étaient complices. Elle rabattait et il tuait, point. Ils se sont engueulés, il a pété un câble et lui a refait le portrait.

— NON ! quand j'ai demandé à Raphaël si Cassandre trouvait les filles pour lui, il a eu l'air surpris, vraiment surpris. Il ne comprenait pas ce que je disais !

— Il a voulu la protéger une dernière fois.

— Non. Non.

Dépité de ne pas réussir à convaincre l'agent, David se faufila dans l'ambulance conduisant Cassandre aux urgences de Cormes. Cinq minutes à peine, la vitesse aidant, suffirent à ramener tout le monde aux services d'urgence de l'hôpital. Marius et Sylvain rejoignirent la troupe après un appel de Baptiste signalant que David ne se trouvait plus dans son appartement depuis un long moment.

— Super votre surveillance, ironisa-t-il.

— On manquait d'effectif pour poster un homme sous chaque fenêtre, rétorqua Sylvain. Mon frère va bien ?

— Physiquement oui. Moralement... ça va prendre du temps pour lui faire accepter certaines choses.

— Cassandre ? Vous avez les preuves ?

— On a la voiture. Le reste va suivre.

Dans la chambre, David, les coudes posés sur les draps blancs, attendait le réveil de la jeune femme. Le médecin avait assuré qu'elle n'avait rien subi d'autre que des coups. Elle rouvrit les yeux difficilement, éblouie par la lumière, puis réalisa qu'il était à côté d'elle.

— David...

— Tout va bien. Tu es à l'hôpital.

— C'est Raphaël... les filles, c'est Raphaël.

— Je sais. Il m'a appelé.

Elle fronça les sourcils.

— Il tenait sa mère enfermée dans leur première maison. Elle est dans une chambre pas loin et lui aussi. Elle lui a tiré dessus.

— C'est de ma faute.

— Pourquoi tu dis ça ?

— Il était mal et je lui ai conseillé de retrouver sa mère.

— Tu ne pouvais pas prévoir.

— Un soir, il est revenu à la boutique en pleurant. Il disait qu'elle ne voulait pas de lui et qu'il avait craqué. Il m'a avoué avoir démoli la voiture sur le parking. Il était terrorisé…

— Je sais, Cassandre. Je sais déjà tout ça et je sais pourquoi tu l'as fait. Mais il faut que je sache qui trouvait les filles. Ils ne te lâcheront pas, maintenant qu'ils ont ta voiture.

— Il devait juste me la réparer, je ne l'avais plus depuis trois mois.

— Ne te prends pas la tête pour l'instant. Repose-toi. Je reviens.

David ferma la porte derrière lui, rejoignit Sylvain, Marius et Baptiste, le regard sévère.

— Dans l'état où elle est, tu crois vraiment que l'attacher au lit est utile ?!

— David, maintenant tu vas devoir t'écarter de l'affaire.

— Comment as-tu su où je me trouvais ?

— Premièrement je te connais et deuxièmement, tu es avec elle. Tu croyais sérieusement que j'allais te laisser sans surveillance autre que ton frère et Marius.

Un homme et deux adolescents débarquèrent précipitamment en demandant Adeline Mangin. Baptiste les rejoignit.

— Votre femme est entre de bonnes mains. Elle est vivante, mais a reçu beaucoup de coups. Elle a perdu énormément de sang, mais elle est hors de danger.

— Bon sang, mais qui est ce fou furieux ? Quel rapport avec le cinglé qui grave des « C » sur des pauvres filles dont parle l'article sur internet !?

— C'est son fils, annonça l'agent devant l'homme stupéfait.

— PARDON ?

David réalisa, de là où il se trouvait, qu'Adeline n'avait sûrement jamais parlé de son ancienne vie à sa nouvelle famille et qu'elle allait devoir affronter pas mal de choses déplaisantes. « Fuyez le passé et il vous reviendra en pleine figure ». Cette expression n'avait jamais semblé mieux adaptée que dans ce cas précis. Pourquoi n'avait-elle tout simplement pas dit la vérité ? Qui lui aurait reproché de s'être enfuie du domicile d'un homme violent ? David ne comprenait pas l'abandon de l'enfant. Il était peut-être un rappel trop flagrant de son père et vingt ans n'avaient pas suffi à apaiser cette rancœur. Et puis le coup de fusil…

Au milieu des bruits de charriots et des allers et retours d'infirmiers, David avait la sensation de ne plus réussir à réfléchir calmement. Marius et Sylvain se trouvaient à l'autre bout du couloir, discutant en le scrutant du coin de l'œil. Il enfila son manteau, contrarié par le sentiment d'être sous surveillance. Un étage plus bas, il poussa une des portes se trouvant à l'arrière du bâtiment et avala une bouffée d'air salvatrice bien que glaciale. Au bout du parking, une nuée de journalistes se débattait tant bien que mal avec quelques gendarmes. Comment faisaient-ils pour être toujours aussi vite au courant ? Il contourna les nombreuses voitures pour éviter les flashs et rejoindre ainsi la sortie du complexe. Appuyé contre une voiture marquée aux couleurs du journal local, il scruta, fasciné, ce qu'il pensait être l'arrivisme dans toute sa splendeur. L'arrivisme. Un frisson traversa sa colonne. Quelque chose était à portée de sa main et persistait à lui échapper. Quelques pas au travers des véhicules lui dégourdirent les jambes jusqu'à ce qu'il arrive à la hauteur d'un objet le faisant sourire. Au rétroviseur d'une voiture bordeaux balançait un minuscule gadget argenté en forme d'appareil photo dont la cordelette s'emmêlait avec une lettre dont la dorure illuminait loin devant elle. De plus près, il trouva ironique de constater que la fameuse lettre était un « C ». Un dossier visible au travers de la vitre laissait deviner que le propriétaire faisait lui aussi partie du journal local, le logo bien connu dépassant d'une sous-chemise jaunâtre. Si la couleur de la feuille cartonnée ressortait sur le gris de la banquette, elle attirait aussi l'attention sur une tache rougeâtre semblant imprégnée dans le tissu. Curieux, il se plaça devant le pare-chocs pour lire la plaque d'immatriculation. Si la partie droite du véhicule était propre malgré une légère usure provoquée par le temps passé, le côté droit, lui, souffrait de quelques bosses autour d'un phare visiblement neuf.

— Vous cherchez quelque chose ?

Une femme d'une vingtaine d'années, un chewing-gum à la bouche, dévisagea le curieux qui vagabondait autour des véhicules professionnels. Le prix du matériel traînant sur le faible périmètre méritait vigilance.

— Jolie voiture, constata-t-il avec calme en direction de la personne dont la petite caméra à la poignée laissait peu de doute sur la profession.

— Si vous le dites. C'est une voiture, quoi.

— Vous faites partie des journalistes ? Vous êtes arrivés rapidement. Je travaille ici, mentit-il, cherchant à la mettre en confiance.

Elle devait à peine avoir la majorité et il tendit un pass lui donnant accès plus rapidement aux services hospitaliers sans passer par la file d'attente. Il comptait sur l'inexpérience de la demoiselle pour se laisser duper.

— Une nana nous a appelés, se vanta-t-elle, aussitôt. On a nos sources.

— Une nana ? Une infirmière ? Quelqu'un de l'hôpital ?

— Vous pensez que je vous le dirais si je le savais. Elle a appelé tout le monde. C'est tout. Personne ne nous cache rien bien longtemps.

Il sourit. Bien sûr que non. Mais quel était l'intérêt pour quelqu'un d'ameuter tous les journalistes des environs si ce n'était pas pour être la vedette de leur objectif ? Personne ne s'était précipité pour les accueillir. Personne n'avait, a priori, demandé d'argent contre l'information.

— La voiture, là, avec le mini appareil et le C... elle est à vous ? demanda-t-il.

— Non. Je suis stagiaire, moi, j'ai pas les moyens. Ça, c'est le petit privilège de madame la star.

— Madame la star ?

— La petite « boss » quoi. Madame Virginie Bouchard.

Il scruta une nouvelle fois le tas de journalistes tentant de négocier des informations aux agents les repoussant.

— Où est-elle ?

La jeune femme se mit à rire.

— Elle était sûrement là en premier. Sa voiture était déjà là quand on est arrivés et avant qu'on nous envoie les chiens de garde.

Diversion. Le mot frappa l'esprit du psychologue et une foule de données se percutèrent les unes aux autres.

« L'arrivisme est partout... vous croyez que les gens s'intéressent réellement à vos problèmes et vous découvrez que certains le font seulement pour se donner bonne conscience et d'autres pour être mis à la lumière, sur le devant de la scène ! Ils vous manipulent par ambition et... »

« ...en faisant l'inspection des affaires, on a retrouvé des photos de classe sur sa table. A priori, bien enivrées, les filles se sont amusées à faire le tri et ont mis le doigt sur le fait que toutes les victimes étaient passées par la même école. Ta copine y est passée aussi ! »

« Je l'ai croisée à l'école primaire, vous savez. Nous étions dans la même classe. À l'époque, son principal problème était sa sœur de quinze ans son aînée, a priori la favorite de papa et maman Bouchard. Je suppose que maintenant elle cherche à tout prix à se démarquer... mais je ne suis pas psy alors... »

« La petite conne du journal d'à côté n'a pas mis longtemps à rappliquer ; on pourrait penser qu'elle a senti l'odeur du sang ! »

« En revanche, un détail pose problème. On ne sait pas trop à quoi ça correspond. Ce n'est connu de personne jusqu'à maintenant alors ne te répands pas. »

« Quel rapport avec le cinglé qui grave des « C » sur des pauvres filles dont parle l'article sur internet !? »

« Vous savez, j'ai rencontré un psy de Nevers une fois… adorable. Vous devriez lui demander des conseils ! Il a, semble-t-il, mieux compris que vous le but initial de son beau métier. »

« Le gosse s'est baladé de foyer en foyer, tout en se remplissant un petit palmarès de conneries puis il a été suivi par un psy de Nevers. »

« Des présomptions… Les éclats de voiture à côté du corps de la joggeuse […] ne correspondent pas. Ils sont bordeaux et sa voiture et noire. »

Une alarme s'activa dans l'esprit de David. Ses jambes, comme indépendantes de son corps, prirent la direction de l'entrée de l'hôpital. Courant au travers du parking, par le chemin le plus direct, tranchant la foule de journalistes en appelant Baptiste, David manqua d'éclater les parois des portes vitrées en les poussant trop violemment dans la précipitation. Marius et Sylvain, affolés de l'intrusion paniquée, tentèrent de s'approcher afin de se faire écarter aussi brusquement l'un que l'autre de la trajectoire du psychologue. Baptiste, non loin de la chambre des suspects, s'interposa dans la dernière ligne droite.

— Qu'est-ce que tu fous ?
— Où est Virginie Bouchard ?
— Qu'est-ce que j'en sais ?
— Qui garde Raphaël ?
— Il est avec une infirmière !
— Laquelle ? Elles sont toutes à la fenêtre à regarder ce qu'il se passe sur le parking !

Le gendarme poussa la porte de la chambre de Raphaël afin de rassurer son ami pour découvrir l'infirmière penchée sur le jeune homme, un oreiller dans les mains, lui coupant toute possibilité de respirer. Il se précipita sur la femme, tandis que David rappelait les véritables infirmières au service. Collée dos au sol, Virginie fulminait tandis que les cercles froids des menottes se rejoignirent fermement. Baptiste la releva sans délicatesse et elle se retrouva face à David. Il la fixa calmement, éprouvant soudainement de la pitié.

— Demain, vous ferez la « une » Virginie. Mais je ne suis pas sûre que les conditions qui vous auront poussée dans les gros titres feront de vous la nouvelle fierté de la famille.

— Vous ne savez rien de ma famille et ce malade n'aurait manqué à personne.

— Vous l'avez mieux considéré quand il s'agissait de vous aider à vous débarrasser de vos anciennes petites rivales. Mais ce doit être frustrant… Frustrant que vos parents aient préféré votre sœur, frustrant que ces gamines se foutaient de vous et frustrant que même quelqu'un d'aussi perturbé que Raphaël n'ait jamais cessé de vous préférer Cassandre.

— Elle ne vaut pas mieux que moi, monsieur Declessis. Elle a démoli tous les hommes qui ont eu le malheur de l'approcher et elle vous démolira aussi. N'en doutez pas un seul instant.

Baptiste la tira vers la sortie, tandis que le moniteur de Raphaël s'obstinait à balancer un bruit aigu dans la pièce.

— Heure de la mort ?

La question de l'infirmier resta sans réponse pour David qui quitta la pièce, refermant la porte derrière lui. Il suivit Baptiste des yeux, l'observa remettre Bouchard à ses collègues. Quand son ami revint vers l'entrée de la chambre, David le stoppa net.

— Il est mort et sa complice vient d'être arrêtée, il me semble. Va retirer le bracelet qui tient Cassandre attachée à son lit.

La froideur du ton qu'il avait employé surprit Baptiste, mais ce dernier acquiesça sans un mot.

6

« Journal de Geoffrey,

Ça fait deux semaines que je suis chez David et Sylvain. Je me plais ici. Mais j'ai l'impression d'avoir quelque chose dans la gorge qui m'empêche de respirer. Je culpabilise. Je sais que je suis ici parce que leurs parents se sont sentis obligés. Je sais que je suis un poids. Je les entends murmurer et je me dis qu'ils parlent de moi... J'aimerais pouvoir en pleurer... j'aimerais tout recommencer, dire à mes parents leurs quatre vérités pour avoir le cœur plus léger, peut-être me faire pardonner. Cassy est loin et m'a peut-être, elle aussi, déjà oublié. J'aimerais revenir au jour où on a lâché toutes ces grenouilles et les regarder une nouvelle fois s'évader, courir derrière leur liberté, mais cette fois ne plus me retourner et ne plus jamais m'arrêter, juste réussir à semer le passé. »

***

Samedi 5 mars,

Cassandre, fatiguée par les médicaments, se contenta d'attendre les mots que David semblait trouver difficiles à prononcer.

— Raphaël est mort.

Elle n'eut pas l'air surprise. Juste résignée.

— Un psy m'a dit un jour qu'il fallait tout faire pour aider les gens, mais aussi accepter le fait que ça ne suffirait peut-être jamais.

— Alors ça t'arrivait de m'écouter pendant les séances !? se moqua-t-il.

Elle lui sourit puis une certaine tristesse envahit son visage, rendant ses yeux plus brillants encore.

— Je suis très fatiguée et tu dois l'être aussi. Je veux que tu rentres chez toi. Je pense sortir de l'hôpital demain et je te rappellerai à ce moment-là.

— Je peux rester ici…

— Non. J'aimerais que tu me rendes un service. Je voudrais lire le journal de Geoffrey. Je te promets de t'appeler quand je me serai reposée. Mais là, je voudrais le lire.

David consentit à lâcher la main à laquelle il était resté soudé depuis des heures, ayant pris le relais de la menotte qui la tenait au lit encore la veille. Il posa son front contre le sien et caressa sa joue de ses lèvres avant de se retirer.

De retour au cabinet, le sommeil s'obstinait à l'ignorer. Un à un, il ressortit les dossiers de ses tiroirs, toutes les personnes qui venaient régulièrement le consulter, pris soudain par la peur d'être passé à côté de quelque chose qui aurait pu tous les aider. C'est pour ça qu'il avait choisi ce métier. Le temps avait fini par lui faire oublier. La lassitude avait finalement gagné quelques échelons sans qu'à aucun moment il n'ait vu le problème arriver.

La sonnerie du téléphone le sortit une énième fois de ses pensées.

— C'est Baptiste. Je voulais savoir comment tu allais.

— Moi, bien. Que devient Virginie Bouchard ?

— Elle s'est trouvé un bon avocat. Elle plaide la folie.

David émit un léger rire. Elle était loin d'être bête, mais ne tromperait sûrement pas un tribunal, du moins, il l'espérait.

— Je ne sais pas si tu es au courant, mais Cassandre Archeur est sortie ce matin de l'hôpital, annonça alors l'officier.

— Je savais qu'elle pensait sortir aujourd'hui. Elle doit m'appeler plus tard. Comment va Adeline Mongin ?

— Quand je lui ai annoncé que son fils était mort, elle m'a répondu que pour elle c'était déjà fait depuis longtemps… j'avoue ne pas comprendre. Comment peut-on avoir autant de dédain pour son propre gosse !?

— Certaines personnes ne sont pas faites pour avoir des enfants, paraît-il.

— Elle a vécu l'enfer avec son ex-mari c'est un fait, mais le gamin…

David resta muet, ignorant si les questions de Baptiste appelaient réellement des réponses. Le gendarme avait juste envie de parler, juste besoin de parler.

— On a été fouiller le domicile de Raphaël ce matin. On a croisé sa voisine, une nourrice, qui s'inquiétait du sort de son « adorable » voisin. Ils habitaient côte à côte depuis qu'il était à Cormes et pour elle, c'était quelqu'un d'adorable, de serviable, poli, etc.… Le baratin habituel, c'est impressionnant. Pour Bouchard, on a fait une enquête et on a trouvé l'endroit où ils s'étaient rencontrés.

— Chez un psy à Nevers.

— Comment le savais-tu ?

— Elle s'est vantée de l'avoir dans son palmarès…

— Son palmarès de rien du tout ! Elle ne sortait pas avec, elle consultait. Tu m'as parlé de sa sœur, journaliste télé, mais cette dernière est morte il y a plus de deux ans de ça. Un accident de voiture alors qu'elles étaient toutes les deux. J'ai vu les parents Bouchard. Personne n'a jamais vraiment su qui conduisait, mais s'ils ne portaient déjà pas la cadette dans leur cœur, après ça, les choses se sont encore plus dégradées. Virginie a fait une légère dépression et a été suivie par ce fameux psy à la même période où Raphaël venait à bout de ses propres séances. Ils ont discuté et elle a vite compris qu'elle en ferait une belle marionnette. Ça aurait pu durer un moment s'il n'avait pas craqué.

— C'est Cassandre qu'il voulait.

— Tu t'es mis dans le chemin. C'est lui qui conduisait la voiture quand on t'a percuté, c'est probablement lui qui conduisait aussi quand l'ex de Cassandre s'est fait percuter et pour Geoffrey…

— Il s'en est vanté à la maison, je sais.

— Le « C » avait une signification commune pour eux. Cassandre pour lui, Christelle, le prénom de la sœur aînée pour Bouchard.

Baptiste ressentait le besoin d'expliquer les détails que David présumait déjà, mais, conscient que son ami ressentait le besoin de s'expliquer sur les doutes des derniers jours et sur les tensions entre eux, il le laissa passer en revue tout ce qu'il jugeait important à dire puis, il raccrocha pour composer le numéro de Cassandre. La voix, étrangement calme à l'autre bout de la ligne ne le rassura pas du tout.

— Je suis désolée, murmura-t-elle.

— Désolée de quoi ?

— J'ai besoin d'un peu de temps et d'espace.

— Je peux passer te voir. On peut en discuter.

— Non, David. Laisse-moi juste quelques jours. J'ai un peu d'ordre à remettre à la maison.

Le mur qu'il pensait avoir brisé s'était reformé devant lui, le laissant impuissant. Il avait le sentiment que s'il laissait cette construction s'achever de nouveau, elle serait définitivement infranchissable.

— Tu n'es responsable de rien. J'espère que tu le sais. Il était perturbé bien avant de te rencontrer. Ce n'était qu'une question de temps. Sa mère, sa rencontre avec Bouchard dans la salle d'attente du psy de Nevers, tout ça a provoqué la chute…

— Je ne l'aurais pas protégé pour la voiture, la police l'aurait gardé et les meurtres n'auraient jamais commencé.

— Bon sang, personne n'aurait pu savoir. Baptiste a été chez lui ce matin, sa voisine disait que c'était un ange ! Elle vivait à côté de lui depuis des années. Ton patron, tes collègues, tous l'ont côtoyé et personne n'a rien soupçonné !

— On est dans une petite ville, David. Les gens, à l'époque, n'avaient pas mis longtemps à me mettre la mort de Geoffrey sur le dos, je leur donne peu de temps pour me clouer au pilori quand ils sauront ce que le « C » voulait dire. Je suis désolée. J'ai vraiment besoin de me reposer. Je te rappelle la semaine prochaine.

Elle raccrocha, le privant de toutes possibilités de la réconforter. Il n'avait plus qu'à attendre. Mais combien de temps ?

Une semaine passa. Des unes de journaux annonçant la mort du « Tueur de la Loire » et l'arrestation de sa complice, enfant du pays, étaient affichées sur les vitrines puis remplacées par les derniers évènements de la région. Le blog de Bouchard fut clôturé puis un autre prit le relais. Le monde continuait de tourner comme il l'avait toujours fait.

Inquiet de ne pas avoir de nouvelles de Cassandre, David prit l'initiative d'aller chez elle. Elle lui avait demandé du temps, mais lui avait besoin d'elle. Une pulsion égoïste et désespérée ne voulait pas lui laisser ce temps pour respirer. Il avait le sentiment de ne pas être si éloigné de Raphaël à ce moment-là et cette idée le refroidissait un peu. Il hésita tout le long de la route à garder le cap ou bien faire demi-tour. Une pancarte « À VENDRE » lui coupa le souffle une fois arrivé devant son allée. Il se gara n'importe comment dans la précipitation et se retrouva devant une maison aux volets fermés, inhabitée. Appuyé contre sa voiture, sous le choc du départ de la propriétaire des lieux, il se perdit dans ses éternelles pensées et repensa à la citation gravée sur le fond de la fontaine de son cabinet.

« L'homme a besoin de ce qu'il y a de pire en lui s'il veut parvenir à ce qu'il a de meilleur. » Friedrich Nietzsche.

Autrement dit, ne te déleste pas de tes démons, tu perdrais le meilleur de toi. Une citation, une pensée qui l'avait toujours laissé sceptique et fasciné à la fois. Il se remémora le jour où il avait décidé de la faire graver. Un de ses premiers clients, après plusieurs mois de thérapie, avait remercié David et l'avait assuré de repartir libéré du passé. Il s'était vanté d'avoir jeté un voile sur ses soucis. La période des fêtes approchait et l'homme semblait apaisé et heureux en observant les décorations de la ville. Quelques jours plus tard, un coup de fil d'une proche annonça à David le décès de son patient. La date annoncée du décès correspondait au soir même de la toute dernière séance et l'homme savait très bien où il allait. Choqué, le psychologue était resté prostré un moment dans son appartement à relire d'anciens bouquins. Cette citation, qu'il connaissait pourtant par cœur, mais avait fini par oublier avec le temps avait alors résonné d'une manière particulière. Et aujourd'hui, elle continuait à le hanter alors qu'il se retrouvait appuyé sur cette voiture à regarder cette maison vide et cette pancarte d'agence immobilière qui signalait qu'elle était à vendre. Elle ne lui avait jamais autant posé problème que dernièrement. Les événements malheureux, les épreuves passées faisaient de nous ce que nous étions aujourd'hui. Mais lesquels méritaient d'être gardés, lesquels devaient être oubliés ? Quel était le remède miracle qui aidait à digérer le pire coup de sa vie pour en faire ce qui nous permettait d'avancer ?

Son démon à lui s'était infiltré dans sa vie par le biais du journal intime d'un adolescent mal dans sa peau, à coups de descriptions, de plaintes, lui avait ouvert les yeux sur ses propres choix, ses propres erreurs et sur sa famille. En deux mois, des meurtres, des révélations et un réveil. Pourquoi ? Pour être là, appuyé sur cette foutue barrière à regarder cette foutue pancarte.

À quel moment était-il passé à côté de ce qui se déroulait sous ses yeux ? Sûrement dès le premier meurtre, dès le premier jour, dès ce début de janvier.

Il rentra chez lui avec un sentiment étrange qui prenait naissance au creux de son ventre pour finir dans sa tête. Un vide, un manque auquel il s'était habitué avant, mais qui, une fois comblé quelque temps, ne se supportait plus. Les heures défilèrent comme les jours et la famille compatissante. Ils avaient été étrangement silencieux jusqu'à ce repas chez eux.

— Les journaux n'ont pas mis longtemps à trouver d'autres sujets de préoccupations ! balança Harmonie, la femme de Sylvain.

Mon dieu, mais elle parlait !? s'étonna silencieusement David.

— Ce n'est pas plus mal. Ce serait accorder un peu trop d'importance à ce mec d'en remplir les cent-cinquante prochaines pages de torchons, assura Sylvain.

— Il avait un passé ce « mec », une vie qui l'a amené à faire ces horreurs, répondit David à son frère.

— Et ça pardonne ses actes ?

— Non pas du tout. Mais ça devrait faire réfléchir les gens sur la manière dont ils traitent leurs enfants.

Ce ne sont pas des jouets. Chaque phrase, chaque gifle, chaque leçon à un impact, bon ou mauvais.

— Je suis enceinte !

Harmonie lança cette nouvelle d'une façon assez étrange dans une conversation assez étrange ! La mère de David et Sylvain, d'abord surprise, lui offrit son plus beau sourire.

— Cette maison manquait d'enfants justement ! dit-elle en lui prenant le bras fièrement.

Sylvain resta sous le choc. David fut persuadé qu'il l'avait appris en même temps que tout le monde et il soupira au-dessus de son assiette.

— Les erreurs du passé devraient servir à avancer et savoir quoi faire pour éviter de les reproduire.

Le patriarche de la famille avait sorti cette phrase calmement au beau milieu des félicitations de rigueur. Il envoya un clin d'œil à l'intention de David puis tenta de sortir son deuxième fils de son état de torpeur. Une bonne partie du repas tourna autour du futur Declessis avant de s'en éloigner de nouveau.

— Tu reprends le boulot quand ? demanda la maîtresse de maison à David.

— Je ne le reprends pas... pas ici en tout cas. Je vais rejoindre un ancien camarade de promo à

Clermont. Il m'avait demandé il y a quelques années si ça m'intéressait de travailler avec lui ; ce serait le même système qu'ici, mais avec plus de boulot. Ici on est un peu trop de deux de toute façon.

— Tu en as parlé à Marius.

— Ça fait des années qu'il est au courant et il m'a conseillé plusieurs fois d'y aller.

— Clermont, ce n'est pas tellement à côté.

— Justement... Je n'ai jamais bougé d'ici. Il est temps et puis ce n'est pas non plus si loin.

— Tu pourrais réfléchir encore un peu...

— Ça fait dix ans que je réfléchis.

Il avait sorti cette phrase machinalement à sa mère sans aucune intention de blesser qui que ce soit. Quelques minutes passèrent dans le silence le plus total.

— C'est bien. Ça va te faire prendre l'air un peu.

La phrase venant de son père le surprit. Pour la première fois, il acceptait une de ses décisions et lui apportait son soutien. Tout venait à point à qui savait attendre ! Il afficha un grand sourire et fit un signe de tête comme quoi il approuvait effectivement ce choix.

— Des nouvelles de Cassandre Archeur ?

Sylvain se risqua à la question que personne, ni même Marius n'avait osé aborder.

— Non.

— Ce n'est peut-être pas plus mal.

David le fixa quelques secondes en se demandant s'il devait être en colère ou pas de cette réflexion.

— Tu savais que Geoffrey était homosexuel !?

Sa mère manqua de s'étouffer dans sa soupe et son père se figea.

— Le jour où il l'a appris à ses parents, ton oncle et ta tante, ils lui ont pourri l'existence puis ils ont fini par s'engueuler et sont partis seuls le jour de l'accident. Il se sentait mal, il se sentait coupable, il ne se sentait pas accepté. Si je remets le sujet sur le devant c'est pour expliquer que : premièrement, Cassandre n'est pas responsable de ce qui s'est passé, et deuxièmement, ne pas accepter les gens et leurs choix finit toujours par bousiller des familles. Ton épouse est une bourgeoise chiante comme la pluie, mais tu es heureux avec et elle porte ma nièce ou mon neveu, ça me suffit pour faire des efforts ! J'en attends autant des membres de ma famille le jour où je ramènerai dans cette maison quelqu'un qui me comble de bonheur...

Harmonie redressa la tête, indignée, en regardant Sylvain abasourdi. Sa mère replongea le nez dans sa soupe pendant que son père étouffa un petit rire dans sa main. Le repas continua au rythme du bruit impressionnant de l'horloge familiale trônant dans l'angle de la salle à manger.

***

Lundi 21 mars,

Il commençait à charger ses cartons avec Marius quand il vit son frère débarquer.

— Ne t'inquiète pas va ! Je me sauve bientôt... lui lança-t-il.

— Je t'aime frangin... lui offrit-il pour seule réponse, un peu gêné.

— ...

— J'ai été chiant, j'ai été lourd, j'ai été beaucoup de choses et j'en suis désolé. Je pensais à ton bien... Et ma femme n'est pas une bourgeoise chiante comme la pluie ! Tout du moins pas chiante comme la pluie, rectifia-t-il en levant les yeux au ciel. Et je te souhaite de trouver quelqu'un qui te rende aussi heureux que ma bourgeoise me rend heureux.

Il lui sourit en guise de réponse.

— Bon ! On les débarrasse ces cartons !? s'impatienta Marius.

Le déménagement se déroula dans un esprit bon enfant. Eux trois faisant les andouilles tout l'après-midi. Un retour en enfance, aux plus belles années, au cours d'une journée qui se voulait, enfin, ensoleillée. Il n'aurait manqué que Geoffrey et David aurait de nouveau eu quinze ans.

Damien, son futur collègue de Clermont, lui avait déjà trouvé un appartement et c'est avec un petit pincement au cœur qu'il quittait l'actuel. Dix ans de vie avaient marqué les murs de ce vieux bâtiment. Assis sur une pile de cartons remplis de livres, il serra le journal de son cousin entre ses mains, survolant les pages dont il avait corné les angles, relu ces passages qui l'avaient touché. L'histoire lui sembla dater du siècle dernier au vu du nombre d'énigmes désormais élucidées. Il balaya des yeux l'espace autour du lui, les étagères vides et les murs défigurés par les traces d'emplacement de cadres divers. Il pensait être pris par la nostalgie mais s'étonnait au contraire d'être impatient de commencer cette nouvelle vie. Un point noir s'acharnait malgré tout à ternir son avenir. Elle. Où était-elle ? Avait-elle fini pas le démolir lui aussi comme tout le monde s'était acharné à lui faire comprendre ?

Après un dernier repas en famille, il fit un dernier état des lieux dans son premier « chez lui » quand quelqu'un frappa à la porte.

— Qu'est-ce que tu as oublié Marius ?

Sûr de lui, il se retourna avec un air moitié moqueur, moitié désespéré. Sur le palier, elle le fixait, le regard désolé.

— Cassandre...

— Bonjour.

— Bonjour ?! Elle s'en va du jour au lendemain en me laissant juste une pancarte d'agence immobilière et juste un « bonjour » ?!

Il n'arrivait de nouveau plus à respirer. Elle s'approchait de lui, silencieuse, et il était forcé de constater qu'il était incapable de rancune, bien au contraire.

— L'heure de la séance est passée et vous êtes en retard.

Elle lui sourit timidement comme une enfant cherchant à se faire pardonner d'une mauvaise blague. Des notes sucrées de parfum envahirent délicieusement son espace. Elle saisit son poignet, surprise d'y apercevoir une montre.

— Je l'ai déjà vu au bras de quelqu'un d'autre, il me semble, constata-t-elle en effleurant le cadran du bout de ses doigts.

— Il pensait que je pourrais un jour apprendre à m'en servir. Comment vas-tu ? Une voiture ?

— J'ai été obligée d'investir. Clermont, c'est beaucoup trop loin à pied, les prochains rendez-vous avec mon psy deviendraient des marathons. À moins qu'il n'ait décidé de tourner le dos à tous ses anciens patients ?

Les yeux baissés sur le bras qu'elle tenait toujours, elle attendait une réponse bien plus importante pour elle qu'elle ne voulait le laisser paraître et il sourit de la méthode pudique employée pour l'obtenir.

— Il y a une façon bien plus pratique de ne pas être en retard. Je t'emmène. On fait nos bagages, on plaque tout et on recommence ailleurs où personne ne nous connaît, dans une ville où tout le monde ne sait pas ce qui se passe chez tout le monde.

Il murmura les mots qu'elle avait prononcés il n'y a pas si longtemps, mais sans humour aucun.

— Chiche.

Son visage s'illumina d'un sourire. Il y avait malgré tout encore dans ses yeux quelque chose qui demandait s'il parlait sérieusement.

— Je suis sérieux.

— Moi aussi.

Elle remit avec douceur la cravate en place, dans le parfait alignement des boutons de la chemise.

— Tu supporteras, demanda-t-il avec douceur.

— Dans la vie, il y a les gens qui ne vous supportent pas, il y a ceux qui disent vous aimer à condition que vous changiez deux ou trois détails… et il y a ceux qui vous aiment tout simplement.

Ils fermèrent les derniers cartons dans le silence. L'appartement, désormais vide, renvoyait une certaine résonance à leurs pas. Sur le bord d'une des fenêtres donnant sur la petite cour extérieure, David avec posé le journal de Geoffrey. Elle s'en saisit puis jeta un œil sur la fontaine en contrebas. Il glissa ses bras autour de ses épaules, nicha son visage dans les cheveux cuivrés et lui laissa le temps de réfléchir.

— Je ne suis pas tout à fait d'accord avec cette phrase, finit-elle par avouer.

— …

— Ne pas renier ses démons est un fait... les laisser vous emmener au fond de l'eau par peur de s'en délester est autre chose.

Elle reposa le journal à l'endroit exact où elle l'avait trouvé, redressa la tête, les yeux pointés bien au-delà du pont bleu qu'ils pouvaient apercevoir de leur hauteur. Elle força les bras virils à appuyer leur étreinte et s'enivra de l'eau de Cologne qu'elle avait fini par préférer à l'odeur du caramel. Il la sentit sourire contre sa joue et le sourcil taquin se releva spontanément.

— Et puis c'est de la connerie un journal ! Tout le monde peut le lire ! Ça simplifie beaucoup trop le boulot de ces emmerdeurs de psychologues. Il faut bien justifier le prix de la consultation.

Épilogue

« Geoffrey, ça fait bien longtemps que je ne t'ai pas écrit ; longtemps que je n'avais pas eu l'envie. Mais aujourd'hui ce journal touche à sa fin. L'histoire est finie. Raphaël est mort. Celui que je croyais être un ami, un proche... J'ai voulu l'aider à défaut d'avoir pu t'aider toi et quel échec. Est-il responsable de ta mort ? Je ne le saurai probablement jamais. J'ai avancé après ton départ ou plutôt j'ai cru avancer. Après une grosse mise au point avec mes parents, nous nous sommes séparés en étrangers, ce que nous avons toujours plus ou moins été finalement. À partir de ce jour, je m'étais crue libérée d'un poids, mais je n'étais pas plus vivante que ça finalement. S'il suffisait d'une journée dans une vie pour tout réparer, effacer, tu serais encore là et Raphaël ne serait peut-être pas passé par le pire qu'un homme puisse faire. Tu disais qu'il faudrait filmer les gens au quotidien et leur montrer comment ils se comportaient des fois, pour les faire réagir. Tu avais l'optimisme de croire qu'on pouvait se remettre en question, changer et j'étais persuadée que tu faisais d'un ou deux miracles, des généralités. Certaines personnes ne changeront jamais, Geoffrey et préfèrent fermer les yeux sur ce qu'ils font de mal, tellement persuadés que tout était justifié et qu'ils n'avaient rien à regretter.

Mais j'ai rencontré quelqu'un. Quelqu'un que tu connais et dont j'aurais dû croiser le chemin il y a déjà pas mal d'années. Il a ce calme et cette capacité d'écoute qui doivent venir de chez toi. Mais lui, ce n'est pas un « chien fou » comme toi tu l'étais. Il est maniaque et froid de premier abord, mais c'est un trésor qui te ressemble une fois passée la carapace. C'est un homme capable de se remettre en question, lui, et de s'excuser quand il part sur la mauvaise voie. C'est quelqu'un que je ne pensais plus trouver. Il est de ces personnes qui donnent un sens à un chemin que l'on croyait désespérément ennuyeux. Nous sommes partis il y a quelques mois maintenant d'une ville qui nous emprisonnait dans nos souvenirs.

Des enfants ? Non. Pourquoi laisser la société nous imposer quoi que ce soit. Tellement de personnes ont de l'amour à revendre et n'attendent que d'avoir de la vie à donner et c'est un bonheur de les voir se réaliser. Nous sommes personnellement trop rebutés et trop égoïstes. Nous nous aimons exclusivement et cela fait de nous un couple comblé. Cormes ? Nous y retournerons peut-être un jour. Nous nous promènerons de nouveau le long de ses quais, observerons la Loire lécher l'accotement en période de crue et admirerons les lumières de ce pont bleu se démultipliant sous l'effet des reflets de l'eau. Nous regarderons avec tendresse et recul tout ce petit monde, ces gens connus ou non, faisant partie de cette ville, de nos vies, s'agiter, se rassembler et nous rapporter tous les derniers potins du coin. Oui, l'amour que l'on porte à un endroit ou à une personne fait fi des petits défauts. Le cœur a définitivement ses raisons que la raison ignore. »